ちくま文庫

「おくのほそ道」を読む 決定版

長谷川櫂

筑摩書房

「おくのほそ道」を読む　決定版

［目次］

干満珠寺（蚶満寺）
能因島
象潟
むやむやの関
汐越
（羽後）
（陸中）
鳥海山
吹浦
衣川
最上川
酒田
出
中尊寺
高館
平泉
一関
尿前の関
元合海
新庄
山刀伐峠
鶴が岡
（鶴岡）
北上川
温海
鼠ヶ関
羽黒山
月山
湯殿山
温海山
鳴子
岩手山
（岩出山）
大石田
尾花沢
戸伊摩
（登米）
（陸前）
瑞巌寺
羽
多賀城跡
石巻
立石寺
宮城野
松島
村上
（羽前）
山形
陸
仙台
笠島
塩竈
壺の碑
築地
武隈の松
阿武隈川
岩沼
白石
新潟
阿賀野川
米沢
桑折
瀬の上
飯塚（飯坂）
鐙摺
伊達の大木戸
弥彦
鯖野
福島
文字摺石
越後
出雲崎
会津根
（磐梯山）
二本松
黒塚
信濃川
浅香山（安積山）
日和田
（岩代）
奥
郡山
影沼
須賀川
殺生石
（磐城）
白河
那須湯本
蘆野
白河の関
旗宿
高久
遊行柳
裏見の滝
勿来の関
日光
黒羽
雲巌寺
黒髪山
（男体山）
東照宮
下野
上野
宇都宮
常
室の八島
水戸
筑波山
陸
武蔵
霞ヶ浦
隅田川
鹿島
草加
江戸川
千住
利根川
下総
深川
相模
上総

『おくのほそ道』旅程図
芭蕉の足跡
（破線は舟行）
佐渡
能登
越中
信濃
加賀
飛驒
越前
美濃
近江
伊勢
尾張
三河
遠江
駿河
甲斐
琵琶湖
柏崎
今町（直江津）
鉢崎（米山）
高田
能生
親不知・子不知
市振の関
黒部川
姫川
長野
滑川
那古の浦
有磯海
氷見
担籠
二上山
倶利伽羅峠
高岡
卯の花山
くりからが谷
庄川
神通川
富山
金沢
全昌寺
大聖寺
小松
多太神社
那谷寺
汐越の松
九頭竜川
あさむつの橋
吉崎
山中
松岡
天龍寺
福井
白根が嶽（白山）
松本
鶯の関
玉江
永平寺
湯尾峠
燧が城跡
帰山
種の浜（色の浜）
敦賀
気比の明神
木之本
伊吹山
大垣
揖斐川
長島
中府
富士山

『おくのほそ道』全発句

深川から白河の関まで

【深　　川】草の戸も住替る代ぞひなの家
【千　　住】行春や鳥啼魚の目は泪
【日　　光】あらたうと青葉若葉の日の光
【黒 髪 山】剃捨て黒髪山に衣更　曾良
【裏見の滝】暫時は滝に籠るや夏の初
【那 須 野】かさねとは八重撫子の名成べし　曾良
【黒　　羽】夏山に足駄を拝む首途哉
【雲 巌 寺】木啄も庵はやぶらず夏木立
【殺 生 石】野を横に馬牽むけよほとゝぎす
【蘆　　野】田一枚植て立去る柳かな

白河の関から尿前の関まで

【白河の関】卯の花をかざしに関の晴着かな　曾良
【須 賀 川】風流の初やおくの田植うた
　　　　　世の人の見付ぬ花や軒の栗
【信　　夫】早苗とる手もとや昔しのぶ摺
【飯　　塚】笈も太刀も五月にかざれ帋幟
【笠　　島】笠島はいづこさ月のぬかり道
【武隈の松】武隈の松みせ申せ遅桜　挙白
　　　　　桜より松は二木を三月越シ
【宮 城 野】あやめ艸足に結ん草鞋の緒
【松　　島】松島や鶴に身をかれほとゝぎす　曾良
【平　　泉】夏草や兵どもが夢の跡

卯の花に兼房みゆる白毛かな　曾良

【中尊寺】五月雨の降のこしてや光堂

尿前の関から市振の関まで

【尿前の関】蚤虱馬の尿する枕もと

【尾花沢】涼しさを我宿にしてねまる也

這出よかひやが下のひきの声

まゆはきを俤にして紅粉の花

蚕飼する人は古代のすがた哉　曾良

【立石寺】閑さや岩にしみ入蟬の声

【最上川】五月雨をあつめて早し最上川

【羽黒山】有難や雪をかほらす南谷

涼しさやほの三か月の羽黒山

【月山】雲の峰幾つ崩て月の山

【湯殿山】語られぬ湯殿にぬらす袂かな

湯殿山銭ふむ道の泪かな　曾良

【鶴岡】あつみ山や吹浦かけて夕すゞみ

【酒田】暑き日を海にいれたり最上川

【象潟】象潟や雨に西施がねぶの花

汐越や鶴はぎぬれて海涼し

象潟や料理何くふ神祭　曾良

蜑の家や戸板を敷て夕涼　低耳

波こえぬ契ありてやみさごの巣　曾良

【越後】文月や六日も常の夜には似ず

荒海や佐渡によこたふ天河

市振の関から大垣まで

【市振の関】一家に遊女もねたり萩と月

【越　　中】わせの香や分入右は有磯海

【金　　沢】塚も動け我泣声は秋の風

秋涼し手毎にむけや瓜茄子

あか〳〵と日は難面もあきの風

【小　　松】しほらしき名や小松吹萩すゝき

【多太神社】むざんやな甲の下のきり〳〵す

【那　　谷】石山の石より白し秋の風

【山　　中】山中や菊はたおらぬ湯の匂

行〳〵てたふれ伏とも萩の原　曾良

今日よりや書付消さん笠の露

【全 昌 寺】終宵秋風聞やうらの山　曾良

庭掃て出ばや寺に散柳

【天 龍 寺】物書て扇引さく余波哉

【敦　　賀】月清し遊行のもてる砂の上

名月や北国日和定なき

【種 の 浜】寂しさや須磨にかちたる浜の秋

波の間や小貝にまじる萩の塵

【大　　垣】蛤のふたみにわかれ行秋ぞ

第一章　「かるみ」の発見

『おくのほそ道』の旅

「月日は百代《はくたい》の過客《くわかく》にして、行《ゆき》かふ年も又旅人也」。今から三百年ほど昔、芭蕉（一六四四―九四）という俳諧師が日本の東北と北陸を歩いて旅した。

元禄年間（一六八八―一七〇四）といえば、京、大坂という上方の二つの町を中心に、のちに元禄文化とたたえられる町人文化が花開いた時代である。徳川五代将軍綱吉の治世。生類憐みの令が出され、柳沢吉保が権勢をふるい、播州赤穂の浪士たちが本所松坂町の吉良邸に討ち入って、主君の仇を討った。

天下分け目の関ヶ原の合戦、徳川家康による江戸幕府の開府から百年が過ぎ、大坂冬の陣、夏の陣、島原の乱もすでに昔の語り草。その後、戦らしい戦もなく、武家も町人も日本国中の人々が久々の泰平の世を謳歌していた。思えば、第二次世界大戦後、平和を貪る現代とそっくりな時代背景のなかで芭蕉は弟子の曾良とともにみちのくへ旅立った。芭蕉も曾良も、いわば戦争を知らない世代の人である。

元禄二年（一六八九年）、江戸の花も散り果てた弥生三月末。前年九月に貞享から元禄に元号が改まったから、元禄時代はまさにはじまったばかり。二人は江戸を発つと一路、あこがれの歌枕、奥州《おうしゆう》松島へ。さらに北へ歩をのばして平泉を訪ねたのは五月雨《さみだれ》の降りしきるころ。そこから奥羽山脈を越え、最上川を下って日本海側に出ると、晩夏初秋の日本海に沿って街道を西へ、仲秋八月に美濃の大垣《おおがき》にたどり着いた。

時間にすると五か月に及ぶが、空間でみれば日本という島国の東北と北陸にわたる、せいぜい二千数百キロの道のりにすぎない。新幹線も飛行機もない時代、馬に乗る以外、ほとんど全行程を歩いてゆくのだから難儀にはちがいないが、玄奘三蔵《げんじょうさんぞう》の『大唐西域記』やマルコ・ポーロの『東方見聞録』のようなユーラシア大陸を股にかけた旅行に比べれば、決して大旅行とはいえない。むしろ、ささやかな旅である。

ところが、このささやかな旅が、その後の芭蕉の俳句と人生にとって豊かな収穫をもたらしたばかりか、俳句や人々の生き方に大きな影響を与えることになった。

なぜか。それは芭蕉がこの旅によって見出した「かるみ」のゆえである。芭蕉は『おくのほそ道』の旅の途上、「かるみ」に気づき、旅を終えたあと、この「かるみ」を積極的に説きはじめる。『おくのほそ道』とは「かるみ」発見の旅だったのである。

歌仙「木のもとに」の巻

「かるみ」とは何か。芭蕉は「かるみ」を俳句論として語った。俳諧師である芭蕉にとって、たしかに「かるみ」は言葉の使い方の問題だったのである。その「かるみ」の反対は「おもみ」あるいは「おもくれ」。では、「かるみ」のある言葉の使い方、逆に「おもくれ」た言葉の使い方とはどんな使い方だろうか。

それを知るのによい手がかりがある。『おくのほそ道』の旅の翌年の元禄三年（一六九〇年）三月二日、芭蕉は郷里の伊賀上野《いがうえの》の門弟、風麦《ふうばく》の屋敷で花見をした。風麦は伊賀藤堂藩の藩士である。

三月二日といえば、あすは雛祭。太陽暦では四月十日、ちょうど庭の桜も見ごろ。芭蕉をもてなそうと並べられた心尽くしの料理に早々と花びらが散りかかる。そこで、芭蕉は一句、

木《こ》のもとに汁も鱠《なます》も桜かな　芭蕉

と詠んだ。汁はお澄まし、鱠は魚の酢の物と思えばいい。花どきだから、伊勢湾の桜鯛を酢でしめたものだったろうか。

そこで、この句を発句として客の芭蕉、主の風麦をはじめ宴席の一同で連句が巻かれた。芭蕉は連句のなかでも三十六句を連ねる歌仙型式を好んだが、このときは興に乗ったか、変則の四十句。発句以下の初めの三句は次のとおりである。

木のもとに汁も膾《なます》も桜かな　芭蕉
明日来る人はくやしがる春　風麦
蝶蜂を愛する程の情にて　良品《りようぼん》

芭蕉の発句に対して、脇をつけたのは主の風麦。今日、先生をお迎えして連句の会があったことを知れば、明日、わが家の桜を見にくる人は、もう一日早く来ればよかったと悔しがるでしょう。

第三をつけた良品は風麦の娘婿。このとき、二十六歳。その第三は、今日来ればよかったと悔しがる人は、蝶や蜂を愛でる風流心の持ち主であるというのだ。それにしても、愛でるのが蝶はともかく蜂とはちょっと風変わりな風流心ではある。

こうして、その日の花見の宴で連句「木のもとに」の巻四十句が巻き終わった。

気に入らなかった芭蕉

ところが、芭蕉はこの連句「木のもとに」の巻のできばえが気に入らなかった。花見の宴の場で巻かれたものだったが、酒の座興として巻かれる連句は酔いがさめてしまえば、えてして粗が目につくものである。そこで、日を改めて、ふたたび伊賀上野の門弟たちと連句の後半を巻きなおした。今度は三十六句で収めた歌仙型式である。

しかし、芭蕉はこの歌仙も気に入らなかった。そこで、三月のうちに近江膳所《おうみぜぜ》に出た芭蕉は近江の門弟二人と全巻を巻きなおした。その第三句までは次のとおり。

木のもとに汁も鱠も桜かな　芭蕉

西日のどかによき天気なり　珍磧《ちんせき》

旅人の虱《しらみ》かき行《ゆく》春暮《くれ》て　曲水《きょくすい》

膳所は琵琶湖の南端に位置する近江膳所藩の城下町。今は大津市内に含まれる。

二人の門弟のうち、珍磧は膳所城下の医師。生まれた年がつまびらかでないが、当時、二十三歳前後の青年だった。前年の元禄二年暮、膳所に滞在していた芭蕉に入門したばかり。珍夕、珍碩とも書き、のちには洒堂《しゃどう》と号する。

一方の曲水は膳所藩士でこのとき、三十歳。のちに藩の重臣となる人である。すでに数年前、江戸で芭蕉に入門していたが、元禄二年暮、膳所滞在中の芭蕉を自分の屋敷に迎えてから芭蕉と親しく交わるようになった。のちに曲翠と改める。

このときから四年後、芭蕉は遺言によって膳所にある義仲寺《ぎちゅうじ》に葬られることになるのだが、それはまだしばらく先の話。しかも大坂での芭蕉の客死に珍磧はのっぴきならない形でかかわることになるのだが、芭蕉も珍碩もそのことをまだ知らない。

芭蕉の発句に付けた珍碩の脇は、はや日が傾いて、花見の宴もどうやらおしまい。先ほどまで人々がたむろしていた花の下にも西日がさして、まことにいい天気の一日だったというのだが、ここで大事なのはこの句の意味よりも口調である。まるで口をついて出た言葉をそのまま一句に仕立てたかのような無造作な詠みぶり。

さらに曲水の付けた第三は、春も暮れかかるころ、虱に食われたあとを掻《か》きながら道を急ぐ旅人という庶民的な題材。

平明な言葉で写しとること

これを伊賀上野で巻いた連句と比べると、両者の違いがはっきりする。

【脇】
明日来る人はくやしがる春　風麦
西日のどかによき天気なり　珍碩
【第三】
蝶蜂を愛する程の情にて　良品

風麦の脇が大げさであるのに対して、珍碩の脇は素直、また、良品の第三がどこか勿体をつけているのに対して、曲水の第三はざっくばらん。ここで比較しているのは連句の冒頭三句だけだが、連句全体についても同じことがいえる。

伊賀上野で巻いた連句になくて、近江膳所で巻いた歌仙にあるもの。すなわち、ものの姿や心の動きをそのまま平明な言葉で写しとること。「そのまま」とはやたら手を加えないこと、要らぬ趣向や工夫を捨て去ること。これこそ『おくのほそ道』から帰った芭蕉が追い求めていた「かるみ」だった。それに反して、伊賀上野で巻いた二巻の連句はずいぶん「おもくれ」ていたわけだ。

では、なぜ伊賀上野でできなかった「かるみ」が、近江膳所でできたのだろうか。そこには伊賀蕉門と近江蕉門の違いが横たわっている。芭蕉の故郷、伊賀の蕉門には早くから芭蕉の門に入った古参の弟子が多かった。比較的、年齢も高い。これに対して、近江の蕉門は誕生したばかり。珍碩も曲水も入門したての門弟たちであり、年齢も若かった。

そこで、『おくのほそ道』の旅を終えた芭蕉が俳諧の新風「かるみ」を説きはじめたとき、伊賀蕉門の人々はすぐさま理解できなかったのに対して、近江蕉門の人々は自分たちの俳諧の理念として素直に受け入れた。伊賀と近江だけでなく、目を広げれば、尾張の蕉門は前者、京の蕉門は後者に属する。江戸の蕉門は両者の混在、その中間に位置するだろう。

芭蕉は死の床で自分のなきがらを、木曾義仲の墓所である膳所の義仲寺に葬るよう遺言するのだが、これは芭蕉が義仲のファンであったというような下世話な理由からではなく、ただ近江蕉門が芭蕉の新風「かるみ」のよき理解者であり、実践者であったからだろう。つまり、芭蕉にとって近江はとても居心地のいい場所だった。だからこそ、芭蕉は近江と近江の人々を愛した。そして、そこにたまたま義仲も葬られていたというだけのことだ。

行春を近江の人とおしみける　芭蕉

この句はその元禄三年春、芭蕉が珍碩や曲水と歌仙を巻きなおしたころの吟である。この句が「近江の人」でなければならないのは、丹波の人や尾張の人ではいけないのは、「近江の人」によって、行く春の湖水の景色がありありと目に浮かぶのはもちろんのことだが、それよりもまず芭蕉にとって近江と近江の人々は格別のものだったからである。

膳所で巻きなおした歌仙「木のもとに」の巻は珍碩が編纂した俳諧選集『ひさご』に

入集する。集名の「ひさご」は瓢簞《ひょうたん》のこと。芭蕉が与えた集名である。『ひさご』は名実ともに「かるみ」の選集だったのだ。

芭蕉、最後の旅

このように「かるみ」とはたしかに俳諧における言葉の使い方の問題だった。しかし、「かるみ」は言葉の使い方だけに留まらない問題を含んでいる。

言葉はすべて人間の心の中で生まれる。言葉は人間の心とじかにつながっている。そこで、「かるみ」が言葉の問題であるなら、同時に人間の心の問題であるはずだ。むしろ、心の「かるみ」から言葉の「かるみ」は生まれる。もし、心の「かるみ」を欠いた言葉だけの「かるみ」があるなら、それはほんとうの「かるみ」ではなく、ただ軽薄な言葉にすぎないだろう。

では、言葉の「かるみ」を生み出す心の「かるみ」とは何か。芭蕉にとって、心の「かるみ」とはどのようなものだったのか。

元禄二年(一六八九年)八月、美濃の大垣で『おくのほそ道』の旅を終えた芭蕉は、元禄四年九月までの二年間、郷里の伊賀上野、京、近江の膳所、大津を行き来して過ごす。上方からやっと江戸に帰ったのはその年十月のことである。江戸にしばらく腰を落ち着けたのち、元禄七年五月、大坂へ向けて旅立つ。これが芭蕉の最後の旅となる。

この最後の旅に、芭蕉にとって心の「かるみ」とはどのようなものだったかを探る鍵が隠されている。この旅はこれまでの芭蕉の風雅《ふうが》の旅とは違う。

まず旅の全体の行程をみておこう。元禄七年（一六九四年）五月十一日、江戸深川の草庵を発った芭蕉は名古屋、伊賀上野、大津、京、そこからふたたび伊賀上野を経て、九月九日、重陽《ちょうよう》の節供の日に大坂に入る。ところが、伊賀上野を発ったころから、体調が優れず、大坂に入った翌十日には悪寒と頭痛に襲われ、発熱、二十九日には床についてしまう。そして、十月十二日、亡くなる。

そもそも芭蕉が大坂への旅を思い立ったのは、二人の門弟の縄張り争いを仲裁するためだった。その二人とは洒堂と之道《しどう》。この旅は初めから単なる風雅の旅というわけにはゆかないもめごとを孕んでいた。

この洒堂とはかつての珍碩である。元禄三年春、芭蕉と曲水とともに「木のもとに」の歌仙を巻いた膳所の医師。実はその後、元禄六年夏、大坂に出て俳諧師として門戸を構えていた。このとき、まだ二十五、六歳である。

一方の之道は大坂の人。元禄三年、京で芭蕉に入門した。大坂本町の薬種商であったといわれる。当時、三十四、五歳。のちに諷竹《ふうちく》と名のる。

こうしてみると、之道が地元の大坂で門戸を張ろうとしていたところに、若手の洒堂が割って入ってきたということだったろう。

同門の俳諧師である医師と薬屋の争い。その仲裁とは気の滅入る旅だったにちがいない。この旅の目的は旅全体に影を落とすことになる。それればかりではない。途中、立ち寄った名古屋の蕉門は芭蕉の新風「かるみ」についてゆけず、芭蕉から離れようとしていた。江戸の蕉門では芭蕉の留守の間に「かるみ」をめぐって新旧の門弟たちの対立が生まれようとしていた。

伊賀上野では江戸の留守宅を預けてきた寿貞尼《じゅていに》の死去の知らせを受け取った。寿貞は「翁の若き時の妾」(風律著『小ばなし』)といわれる女性。早々と髪を下ろして尼となったのちも芭蕉の近くにあった。

数ならぬ身となおもひそ玉祭り　芭蕉

寿貞尼の死を悼む一句。ちょうどお盆、私のようなつまらない者を、といつも口にしていた寿貞よ。あの世に行ってからまで、そんなに遠慮することはないのだ。やすらかに成仏しなさい。

こうした身辺あわただしいなかで芭蕉は自分自身の死を迎えることになる。

隣は何をする人ぞ

このように元禄七年の大坂への芭蕉最後の旅は惨憺たる旅だった。ところが、その旅で詠まれた句はというと、みなさらりとした詠みぶり。現実をことさら嘆くふうはない。寿貞の追悼句にしても「成仏せよ」といっているのであって、悲しみはすでに深い諦念の底に沈められている。

芭蕉は九月九日、重陽の節供に大坂に入ったものの、翌十日に発熱。不穏な症状はその後も続いたが、洒堂と之道をまじえた連句会や句会が門人たちの家で連日のように行なわれた。次は芭蕉が詠んだ連句の発句。

升買うて分別かはる月見かな　（九月十四日）
秋もはやばらつく雨に月の形《なり》　（十九日）
秋の夜を打崩《うちくづ》したる咄《はなし》かな　（二十一日）
此道《このみち》や行人《ゆくひと》なしに秋の暮　（二十六日）
白菊《しらぎく》の目に立《たて》て見る塵《ちり》もなし　（二十七日）

日付けは不明だが、洒堂と之道の仲裁のため芭蕉と三人で三つ物も巻かれた。三つ物は連句の発句と脇と第三の三句のみの型式。

秋風にふかれて赤し鳥の足　酒堂
臥《ふし》てしらけし稲の穂の泥　諷竹
駕籠《かご》かきも新酒の里を過《すぎ》兼《かね》て　芭蕉

酒堂の発句と諷竹（之道）の脇は紅白仕立て（「ふかれて赤し」「臥てしらけし」）、芭蕉の第三はそこに酒（「新酒の里」）をとりだして、はやしている。こうなってくると、仲裁もなかなか骨が折れる。

九月二十八日、あす二十九日の夜、ある門弟の家で連句会が行なわれることになっていた。そこで芭蕉は発句を詠んでその門弟のもとへ送り届ける。いよいよ病状が悪化、とても出席できそうにないと思ったのだ。案の定、芭蕉は二十九日から床に就いてしまう。その発句とは、

秋深き隣は何をする人ぞ　芭蕉

旧暦九月といえばはや晩秋。元禄七年九月二十八日は太陽暦では十一月十五日だった

から、秋深いどころか、すでに立冬（十一月八日ごろ）を過ぎてしまっていた。

この句を「秋深し隣は何をする人ぞ」と誤って覚えている人もいるが、ほんとうは「秋深き」である。「秋深し」なら、秋も深まったこのごろ、隣の人は何をしているのだろうか、という意味になる。現代の殺伐たる世相を反映して隣は何をしていようと知ったことではない、という意味だと勘違いしている人もいるが、論外。

これが「秋深き」だと、隣は秋の深みの底でしんと鎮まっている。いったい何をしているのだろうか、という意味になる。万感こもる「秋深き隣」なのだ。

さて、この句には本歌がある。それは和歌でもなく俳句でもなく、漢詩。唐の詩人、杜《と》甫《ほ》の「崔氏東山草堂」（崔氏《さいし》の東山《とうざん》の草堂）という七言律詩である。まず、その詩を見てもらおう。

崔氏の東山の草堂　　杜甫

愛す　汝の玉山草堂の静かなるを
高秋の爽気《そうき》　相鮮新《あいせんしん》なり
時有りて自《おのずか》ら発す　鐘磬《しょうけい》の響き
落日に更《さら》に見る　漁樵《ぎょしょう》の人
盤《さら》には白鴉《はくあ》谷口《こくこく》の栗を剝《む》き

飯には青泥坊底《せいでいぼうてい》の芹《せり》を煮る
何為《なんす》れぞ西荘《せいそう》の王給事《おうきゅうじ》
柴門空《さいもんむな》しく閉じて松筠《しょういん》を鎖《とざ》すや

長安の南東に藍田山《らんでんさん》という景勝地があり、貴族たちの別荘地になっていた。時は玄宗皇帝の御世に起った安史の乱（安禄山、史思明の反乱、七五五―七六三）の最中。杜甫が藍田山にあった崔という知人の山荘に招かれたときの詩である。題の「東山」も一行目の「玉山」も藍田山をさす。

藍田山にある君（崔氏）の山荘の静けさがすっかり気に入った。秋たけなわの空気は爽やかで新鮮。ときおり、どこからともなく寺の鐘や磬を叩く音が聞こえてくる。夕暮れには夕日に照らされて漁師や木こりが道を帰ってゆく。さて、食事の時間ともなると、白鴉谷の入り口で拾った栗を剝いて皿に盛り、ご飯には青泥の堤で摘んだ緑の芹が炊きこんである。

問題はその次の最終二行。ここに登場する「王給事」は実は詩人の王維《おうい》。「給事中」という官職だったので、こう呼んだ。王維は安禄山軍によって長安が陥落したとき、捕虜となり、一時、賊軍に仕えさせられた。このとき、杜甫も新しい皇帝、粛宗《しゅくそう》のもとに馳せ参じようと、長安を脱出したが、あえなくつかまって連れ戻され、幽閉される。しかし、翌年、長安脱出に成功し、粛宗皇帝のもとに駆けつけた。

同じ年、唐軍は長安を奪回し、王維は解放されるが、反乱軍に協力した罪を問われて傷心の日々を送っていた。その王維の別荘、輞川荘《もうせんそう》が崔氏の山荘の西にあったのである。杜甫がこの詩を詠んだのが唐軍が長安を回復した翌年の七五八年秋とすれば、杜甫は四十七歳、王維はすでに六十歳。

杜甫はこの詩の終わりの二行で、しばしの間とはいっても賊軍の捕虜という同じ身の上にあった王維を気遣っている。西隣の山荘の王さん（王給事）はいったいどうしたのだろう。柴の門をひっそりと閉ざしたきり、松や竹が見えているだけ。

その二行を芭蕉はみごとに発句に仕立てた。ここで芭蕉は王維を思いやる杜甫の気持ちだけを上澄みのように掬《すく》い取り、自分自身の気持ちとした。杜甫も王維も自分も、浮世のごたごたに翻弄される者同士という芭蕉の声が聞こえてくるようだ。杜甫の詩集はいつも芭蕉のそばにあった。

それから十日間、芭蕉は句を詠まなかった。

旅に病《やん》で夢は枯野をかけ廻《めぐ》る　芭蕉

十月八日の吟。その四日後、芭蕉は帰らぬ人となる。

心の「かるみ」

若いうちは誰でも、人生にはいいことがたくさんあるにちがいないと思っている。人生は幸福の宝箱だと信じている。もしそうでなかったら、生まれてくる意味なんかないじゃないか。

ところが、長く生きてくると、どうもようすが違うことに気づきはじめる。いつまでも若いわけではなく、徐々に老いが忍び寄る。健康なときばかりではなく、病のときもある。長く生きていれば、家族や友人たちの死にめぐり合う。ときには自分より若い人に死なれることもある。こうして、最後には自分自身の死を迎えるわけだ。

若いときには、幸福になれると信じていたのに、決してそうではなかった。幸福とは虚妄にすぎないのかもしれない。それどころか、この世に生を享《う》けること自体、最大の苦しみではないのか。そんな疑いが心をよぎることもあるだろう。それを昔の人は生老病死と呼び、人がこの世で享ける苦しみの筆頭に生を置いた。人生とは何と悲惨なものだろうか。

これは若い人にはいわないほうがいい。しかし、少なくとも五十歳を超えた人は知っていなくてはならないことでもある。芭蕉は五十歳で亡くなった。現代の私たちはその芭蕉の死後の長い歳月を生きてゆかなくてはならないのだ。

この長く悲惨な人生をどう生きていったらいいのか。大きく分けて二つの道があるだろう。一つの道は嘆くこと。これは和歌、そして、それを引き継いだ短歌的な生き方である。それに対して、もう一つの道は笑うこと。こちらは、俳諧、そして、それを引き継いだ俳句的な生き方である。悲惨な人生をさめざめと嘆くのではなく、笑って悲惨な人生に対すること。

たしかに人生を幸福なものと思っていれば、ときどき出会う不幸は耐え難いものに思えるだろう。こうなると、次々に降りかかる不幸を嘆くしかない。ところが、はじめから、人生は悲惨なものと覚悟していれば、ときどきめぐってくる幸福がすばらしいものに思える。

芭蕉が『おくのほそ道』の旅以降に詠んだ句はどれもこうした人生への深い諦念の上に立って詠まれている。あるいは、こうした諦念を下に敷いて読まなければ、その味わいがわからない句である。

数ならぬ身となおもひそ玉祭り　　芭蕉
秋深き隣は何をする人ぞ
旅に病で夢は枯野をかけ廻る

今までみてきたこれらの句もそうである。杜甫は人生の荒波に翻弄されて愁いに沈む王維を笑いの世界へ誘い出そうとする。老王維よ、そんなに寒いでばかりいないで、このすばらしい山荘の秋を楽しみなさい。みごとな栗も芹のご飯もこんなにうまそうではありませんか。芭蕉の「秋深き」の句の底深く、杜甫の詩のこの喜ばしい誘いが隠されているわけだ。

清滝の水くませてやところてん　芭蕉
湖やあつさをおしむ雲のみね
ひや〳〵と壁をふまへて昼寐《ひるね》哉《かな》

どれも元禄七年夏、最後の旅の途上での句だが、ここでうたわれるこの世のよろしさは、人生を悲惨なものと覚悟してはじめて、しみじみと味わうことのできるものである。人生がつらく苦しいのは当たり前。だからこそ、清滝の水で冷した冷たい心太《ところてん》や、湖上に立ちのぼる入道雲や、つかの間の昼寝がこの上もなく懐かしく思われるのだ。芭蕉にとっては夏の暑ささえいとおしく、惜しむべきものだった。

此道《このみち》や行人《ゆくひと》なしに秋の暮　芭蕉
此秋《このあき》は何で年よる雲に鳥

そして、ときおりのぞく果てしない寂寥。しかし、ここでも芭蕉は人間という存在の寂しさに没入してしまうのではなく、反対に笑いの境地に立ってそうした人間の一人である自分自身を眺めている。

人生は初めから悲惨なものである。苦しい、悲しいと嘆くのは当たり前のことをいっているにすぎない。今さらいっても仕方がない。ならば、この悲惨な人生を微笑をもってそっと受け止めれば、この世界はどう見えてくるだろうか。

芭蕉の心の「かるみ」とはこのことだった。「かるみ」の発見とは嘆きから笑いへの人生観の転換だった。『おくのほそ道』の旅の途中、芭蕉が見出した言葉の「かるみ」はこうした心の「かるみ」に根ざし、そこから生まれたものだった。

俳諧はもともと滑稽の道、笑いの道なのだ。とすれば、「かるみ」とは俳句の滑稽の精神を徹底させることでもある。そして、芭蕉の見出した「かるみ」はその後も時代を超え、言葉を変えて俳人たちによって脈々と受け継がれてゆく。

病重い正岡子規が「悟りといふ事は如何なる場合にも平気で死ぬる事かと思つて居たのは間違ひで、悟りといふ事は如何なる場合にも平気で生きて居る事であつた」（『病牀六尺』)と書いた、その「平気」ということ。老年の高浜虚子のいう「遊び心」。どちらも芭蕉の「かるみ」の近代的な変容であり、変奏である。長く悲惨な人生を生きてゆく宿命にある現代人にとって「かるみ」はまたとない道しるべとなるだろう。

では、芭蕉はどのようにして「かるみ」を見出したのか。『おくのほそ道』の旅の途上、いったい何に出会ったのか。それをこれから見てゆこう。

第二章　なぜ旅に出たか

漂泊の思ひやまず

芭蕉はなぜ『おくのほそ道』の旅に出たのだろうか。たしかにいえるのは、「かるみ」を求めて旅に出たのではなかったということ。旅の途中「かるみ」を見出すなど、予想もしなかったことなのだ。

では、なぜ旅に出たのか。芭蕉はこの問いに対する答えを『おくのほそ道』の冒頭に記している。

月日は百代《はくたい》の過客《くわかく》にして、行《ゆき》かふ年も又旅人也。舟の上に生涯をうかべ、馬の口とらえて老《おい》をむかふる物は、日々旅にして、旅を栖《すみか》とす。古人も多く旅に死せるあり。予も、いづれの年よりか、片雲《へんうん》の風にさそはれて、漂泊の思ひやまず、海浜《かいひん》にさすらへて、去年《こぞ》の秋、江上《かうしやう》の破屋《はをく》に蜘《くも》の古巣をはらひて、やゝ年も暮《くれ》、春立《たて》る霞《かすみ》の空に、白川の関こえんと、そゞろ神《がみ》の物につきて心をくるはせ、道祖神のまねきにあひて取《とる》もの手につかず、もゝ引《ひき》の破《やぶれ》をつゞり、笠《かさ》の緒付《をつけ》かえて、三里に灸《きう》すゆるより、松島の月先《まづ》心にかゝりて、住《すめ》る方《かた》は人に譲り、杉風《さんぷう》が別墅《べつしよ》に移るに、

草の戸も住《すみ》替《かは》る代ぞひなの家

面《おも》八句を庵《いほり》の柱に懸置《かけおく》。

ここで芭蕉は『おくのほそ道』の旅に出た理由と旅のあわただしい準備を語っている。この段については第四章でふたたびとりあげるので、ここでは旅の動機は何かという観点からみておこう。

この段は大きく二つに分けることができる。まず一つは「月日は百代の過客にして、行かふ年も又旅人也」から「古人も多く旅に死せるあり」までの冒頭部分。ここで芭蕉は旅とは何かについて語っている。その内容はまとめると次のとおり。

①時間（月日、行かふ年）はこの世界を通り過ぎてゆく旅人（百代の過客）である。
②船頭や馬子は「旅を栖」にしている。
③同じく古人のなかにも旅で死んだ人が多くある。

この「旅に死せる」古人とは日本人では西行《さいぎょう》や宗祇《そうぎ》がすぐ思い浮かぶ。

ねがはくは花のしたにて春死なんそのきさらぎの望月の頃　　西行（『山家集』）

西行はこの歌で願ったとおり「如月《きさらぎ》の望月のころ」、河内の弘川寺《ひろかわでら》で、宗祇は箱根湯本で亡くなった。どちらも旅の途上の死である。

しかし、ここで芭蕉が「旅に死せる」古人として思い浮かべていたのは誰よりもまず杜甫だろう。流浪の杜甫は晩年、湘江《しょうこう》を漂う一艘の苫舟《とまぶね》をすみかとした。そして、七七〇年冬、その舟の中で五十九歳の生涯を終える。

次の「予も、いづれの年よりか」からは冒頭の旅をめぐる記述を受けて、『おくのほそ道』の旅の動機と準備が語られる。この冒頭部分とそれから先の部分にははっきりした文体の違いがある。冒頭は三つの短い文章で書かれているのに対して、その先はすべてが一つの文章である。このため、冒頭部分を読み終えてここにかかると、文の速度が一気に速まる。岩の間を流れ落ちる水のように滞ることなくつづき、「草の戸も」の句をはさんで、「面八句を庵の柱に懸置」でやっと休止する。

ここで芭蕉は旅の動機をいくつかあげている。

①いつからか漂泊の思いが抑えられなくなった。「いづれの年よりか、片雲の風にさそはれて、漂泊の思ひやまず」「そゞろ神の物につきて心をくるはせ、道祖神のまねきにあひて」。

②みちのくを旅したい。「白川の関こえんと」「松島の月先心にかゝりて」。

芭蕉は漂泊の思い抑えがたくみちのくの旅をすることになったといっている。では、なぜ芭蕉は漂泊の思いが抑えられなくなったのか。なぜみちのくの旅を思い立ったのか。

蕉風開眼とは何か

漂泊の思いを抱いた理由、みちのくの旅を企てた理由を芭蕉は『おくのほそ道』に記していない。これを探るには芭蕉が過ごしてきた人生に分け入ってみる必要があるだろう。時間をさかのぼってみよう。

芭蕉が『おくのほそ道』の旅へ出発したのは元禄二年（一六八九年）春。そのちょうど三年前の貞享三年（一六八六年）春、芭蕉は古池の句を詠んだ。

古池や蛙《かはづ》飛《とび》こむ水のおと　芭蕉

この句は芭蕉の句の中でもっとも有名な句である。そればかりか、古今の俳句の中でもっとも知られた句である。古池の句なら誰でも知っている。今では芭蕉の名とともに海外にまで知られている。古池の句は俳句の中の俳句なのだ。

ところが、それほど有名な句であるにもかかわらず、この句は謎に包まれている。古池に蛙が飛びこんで水の音がした。誰でもそういう意味だと思っているが、もしそうだとすればおかしなことがあるのだ。

この句は蕉風開眼の句といわれる。蕉風開眼とは芭蕉が自分の句風にめざめたということ。では、この句のどこが蕉風開眼なのか。古池に蛙が飛びこんで水の音がした？芭蕉はこの句を詠んで、いったい何に目覚めたというのか。

古池の句にいくら問いかけても何も答えてはくれない。蛙が水に飛びこんだ音が聞こえるだけ。古池の句は蕉風開眼の句であるといわれて、誰もが何となくわかったような気持ちになっているというのがほんとうのところだろう。

ここに支考《しこう》という人がいる。美濃の人で元禄三年春、近江で芭蕉に入門した。そのとき、二十代半ば。前年秋に『おくのほそ道』の旅を大垣で終えた芭蕉が上方に滞在していたときのことである。

蕉門の中では古い弟子ではない。この支考が芭蕉の晩年、そして、死後、芭蕉にとってある重要な役割を果たすことになる。それは蕉風を広めるという役割。宗教でいえば親鸞《しんらん》の浄土真宗を広めた蓮如《れんにょ》、イエスの使徒のパウロに当たる人である。

支考は芭蕉の死後、俳句の実作、俳論、精力的な行脚によって蕉風を全国に広めた。

もし、この人が芭蕉の弟子にならなかったら俳句の歴史はずいぶん違うものになっていただろう。蓮如のいない浄土真宗、パウロのいないキリスト教を想像してもらえばいい。

支考は蕉門に入ると、元禄七年冬、芭蕉が大坂で亡くなるまでの四年あまり、そのかたわらにあった。入門の翌年、元禄四年春、芭蕉とともに江戸にくだり、元禄七年夏、芭蕉とともに上方へのぼった。上方でも芭蕉に従い、その臨終を看取った弟子の一人となる。

芭蕉が江戸にいた元禄五年春から夏にかけて支考は一人、江戸から松島、象潟《きさかた》へ旅をした。三年前、芭蕉が旅したあとを慕ってのことである。支考が芭蕉にいかに心酔し、熱心に吸収しようとしていたかがよくわかる。入門以来、支考が芭蕉のもとを離れたのはこのときだけだった。

心の世界を開く

元禄五年夏、松島、象潟への旅を終えて江戸の芭蕉のもとに帰った支考はただちに『葛《くず》の松原』を書いた。旅の形見ともいうべき随想風の俳論書である。この本はその年秋、京都の版元から出版される。

『葛の松原』は蕉門初の俳論書であるとともに、芭蕉在世中に書かれたただ一つの蕉門の俳論書である。それよりもっと大事なことは、この本が芭蕉の膝下で書かれたということ。去来によれば、『葛の松原』という題は芭蕉がつけた(『去来抄《きょらいしょう》』)。つまり、芭蕉が内容を保証したお墨付きの本なのだ。

その中に古池の句をめぐる一節がある。

弥生も名残をしき比《ころ》にやありけむ。蛙の水に落る音しば〳〵ならねば、言外の風情この筋にうかびて蛙飛こむ水の音といへる七五は得給へりけり。晋子《しんし》が傍《かたはら》に侍りて、山吹といふ五文字をかふむらしめむかと、をよづけ侍るに、唯《ただ》、古池とはさだまりぬ。

弥生三月、今の四月も末のこと、蛙が水に落ちる音がときおり聞こえてくるので、芭蕉は興をもよおして「蛙飛こむ水の音」という中七、下五を得た。そばにいた其角《きかく》(晋子)が「山吹」という五文字を上にかぶせたらどうかといったが、芭蕉はただ「古池」とおいた。「蛙の水に落る音しば〳〵ならねば」とはもってまわったいい方だが、「しばしばでない」「頻繁でない」というのだから、「ときおり」「間遠に」というくらいの意味だろう。

ここには古池の句の謎を解き明かす鍵が潜んでいる。まず、「蛙の水に落る音しば〳〵ならねば」とある。どこからか、ときおり蛙が水に飛びこむ音が聞こえてくるのだ。

芭蕉は江戸深川の芭蕉庵の一室にいて蛙が水に飛びこむ音を聞いていた。いいかえると、蛙が水に飛びこむところも古池も見ていない。もし、芭蕉が蛙が水に飛びこむところ、あるいは古池を見ていてこの句を詠んだのなら、支考はそう書いたはずである。

次に、芭蕉は蛙が水に飛びこむ音を聞いてまず「蛙飛こむ水のおと」という中七下五を詠んだ。そのあと、其角とのやりとりの末に「古池や」という上五をかぶせた。

私たちはこの句は「古池や蛙飛こむ水のおと」という全体が一気に誕生したものと思いこんでいるのだが、その漠然とした先入観がここで打ち砕かれてしまう。『蛙飛こむ水のおと』が先に生まれ、「古池や」があとでできた。

では、この「古池や」という言葉はどこからきたのか。『葛の松原』の支考の記述によれば、芭蕉は蛙が水に飛びこむ音を聞いて「古池や」と置いた。このとき、芭蕉は草庵の一室にいて蛙が飛びこむところも古池も見ていない。どこからか聞こえてくる蛙が水に飛びこむ音を聞いて、芭蕉の心の中に古池が浮んだ。つまり、この古池は芭蕉の心の中にある。地上のどこかにある古池ではないのだ。

支考の『葛の松原』には古池の句の誕生にまつわる、このような情報が隠されていたわけだ。整理するとこうなるだろう。貞享三年春、芭蕉は草庵の一室で蛙が水に飛びこむ音を聞いて古池を思い浮かべた。それが古池の句である。

ここで大事なことは、蛙が水に飛びこむ音が芭蕉の耳に聞こえた現実の音であるのに対して、古池は芭蕉の心の中に現れた想像上の池であるということ。とすると、古池の句は今まで誰もが信じて疑わなかった「古池に蛙が飛びこんで水の音がした」という意味ではなかった。現実の蛙が心の中の古池に飛びこむわけにはゆかないからだ。古池の句は詠まれてから三百年間、誤解されてきた名句ということになるだろう。

古池の句は蛙が水に飛びこむ現実の音を聞いて古池という心の世界を開いた句なのだ。この現実のただ中に心の世界を打ち開いたこと、これこそが蕉風開眼と呼ばれるものだった。

音がきっかけ

古池の句を詠んでから芭蕉の句風は一変する。広々とした心の世界が句の中に出現する。蕉風とはまさにこの現実のただ中に開かれた心の世界のことである。さらに、この古池の句が母胎となって名句を次々に生み出してゆく。だからこそ、古池の句は蕉風開眼の句なのだ。

この古池の句を詠んだ貞享三年春から元禄七年冬に大坂で亡くなるまでの七年半が蕉風の時代である。元禄二年の『おくのほそ道』の旅はこの蕉風時代の最中に企てられた旅だった。

では、古池の句はその後の芭蕉の俳句にどのような影響を与えたか。その前にいくつか確認しておきたいことがある。どれも『おくのほそ道』、とくにその中の句を読み解く助けになるものだ。

その一つは心の世界を開くきっかけになったのは音であったということ。芭蕉は蛙が水に飛びこむ現実の音に触発されて古池という心の世界を開いた。

閑《しづか》さや岩にしみ入《いる》蟬の声　芭蕉

『おくのほそ道』立石寺《りつしやくじ》で詠んだ句。この句の「蟬の声」も古池の句の「蛙飛こむ水のおと」と同じく心の世界を開くきっかけになっているのではないか。

次に、俳句の言葉は必ずしもものごとの発生順に並ばないということ。芭蕉は蛙が水に飛びこむ音を聞いて古池という心の世界を開いたのだから、ものごとの発生順に言葉を並べるとすれば、「蛙飛こむ水のおと」のあとに「古池や」を置くべきなのに、芭蕉はまず心の世界「古池や」をもってくる。そのあとにその心の世界を開くきっかけとなった「蛙飛こむ水のおと」を置く。古池の句の言葉の順番は原因↓結果ではなく、結果↓原因という順になっている。

涼しさやほの三か月の羽黒山《はぐろさん》　芭蕉

『おくのほそ道』出羽三山《でわさんざん》の一つ羽黒山での句。この句の言葉の順序も原因↓結果ではなく、古池の句と同じように結果↓原因となっているのではないか。

三つ目は、一句の中に次元の異なる言葉が入っているということ。古池の句の「蛙飛こむ水のおと」は現実の音を表しているが、「古池」は心の世界を表している。「蛙飛こむ水のおと」と「古池」は次元がまったく異なる。それが一句の中に同居している。

田一枚植《うゑ》て立去《たちさ》る柳かな　芭蕉

『おくのほそ道』那須野《なすの》での句。田植えの風景を詠んだとしかみえないこの句にも眼前の風景とは次元の異なる言葉がまぎれこんでいるのではないか。

もう一つ、現実のただ中に心の世界を開くために「切れ」が大きな働きをしている。切れとは言葉の切れ目。切れはあらゆる言葉と言葉の間に生まれるが、俳句を明確に切るための言葉が切字である。「や」「かな」「けり」が代表的な切字。このうち「や」と「かな」は詠嘆の助詞、「けり」は回想の助動詞である。回想の助動詞とは「ふと気がつくと……だった」という意味の助動詞。

かれ朶《えだ》に烏のとまりけり秋の暮　芭蕉

古池の句より前に詠まれた句だが、この句の「かれ朶に烏のとまりけり」は単に「枯れ枝に烏がとまった」というのではなく、「ふと気がつくと枯れ枝に烏がとまっていた」という意味になる。

詠嘆、回想という言葉どおり、「や」「かな」「けり」などの切字は句を切ると同時に、心の世界を開く力がある。だからこそ、古池の句の古池は現実の世界のどこかにある古池ではなく、心の中に現れた古池なのだ。

暑き日を海にいれたり最上川《もがみがは》　芭蕉
雲の峰幾《いく》つ崩《くづれ》て月の山
荒海や佐渡《さど》によこたふ天河《あまのがは》

この本の読者は、日本海沿岸をたどる芭蕉が広大な天地や宇宙を詠むために大胆な切れの工夫をする場面に立ち会うことになるだろう。

ここであげた『おくのほそ道』の句については、この本の第四章以下でつぶさにみることになる。

切れと「間」

俳句の切れには心の世界を打ち開き、広大な天地や宇宙までも宿す力がある。一粒の小さな露に森羅万象のすべてが映っているように。切れはなぜそのような力をもっているのだろうか。

それは切れが「間」を生むからである。「間」とは一言でいえば何もないこと。この何もない「間」が俳句だけでなく衣食住、絵画、音楽、文学、政治、経済まで、日本人の生活や文化のあらゆる場面で大事な役割を果たす。

「間」にはさまざまな種類がある。「部屋の間取り」などというときの「間」は空間的な「間」。「間をおいて話す」の「間」は時間的な「間」。「間が悪い」の「間」は心理的な「間」である。日本人は空間、時間、心理などさまざまな次元の「間」を生活や文化のいたるところで使いこなして暮らしている。「間」の使い方を誤るのが「間違い」であり、「間」に気がつかないのは「間抜け」ということになる。日本の文化とは「間」の文化なのだ。

この日本人とその文化にとって重要な「間」を俳句にとりこむのが切れであり、そのための言葉が「や」「かな」「けり」などの切字なのだ。
古池の句には三つの切れがある。それを／で示すと、次のようになる。

／①古池や／②蛙飛こむ水のおと／③

①は句の前の切れ、②は句中の切れ、③は句のあとの切れ。このうち、①と③、句の前後の切れはすべての句にある。この二つは俳句が俳句として成り立つための切れである。これに対して、②の句中の切れは、これがある句とない句がある。
古池の句は句中の切れのある句。芭蕉は「古池」を切字「や」で切り、「蛙飛こむ水のおと」という現実の音との間に「間」をこしらえて、ここに心の世界を打ち開いた。もし、句中の切れがなく、この句が「古池に蛙飛こむ水のおと」だったなら、「古池」も「蛙飛こむ水のおと」も現実の世界のできごとに留まり、心の世界が開かれる余地はない。
『おくのほそ道』の冒頭をもう一度、読んでみよう。

……住る方は人に譲り、杉風が別墅に移るに、
草の戸も住替る代ぞひなの家

面八句を庵の柱に懸置。

この「草の戸も」の句の切れは次のとおり。

／草の戸も住替る代ぞ／ひなの家／

この句も古池の句と同じく句中の切れを含め、三つの切れがある。この句は地の文にはさまれているので、句の前後の切れの働きがよくわかる。もしこの二つの切れがなければ、「草の戸も」の句は前後の地の文と区別がつかなくなってしまうだろう。句の前後の切れがないと、句が成り立たなくなるわけだ。

一方、この句の句中の切れも芭蕉は心の世界を開くために使った。詳しくは第四章で。

古池型の句

さて、貞享三年（一六八六年）春の古池の句を境にして芭蕉の句はどう変わったか。『おくのほそ道』の旅で詠まれた句はこの本でこれからとりあげるので、ここでは『おくのほそ道』以外の句をみておこう。

さま〲の事おもひ出す桜かな　芭蕉

貞享五年（元禄元年、一六八八年）春、古池の句から二年後、芭蕉の故郷、伊賀上野での句。満開の桜を見て、若き日のさまざまなできごとを思い出すと感慨に耽っている。「桜」は現実に目の前にある桜、「さまざまの事おもひ出す」は芭蕉の心の世界。「桜」は古池の句の「蛙飛こむ水のおと」、「さまざまの事おもひ出す」は「古池」にあたる。現実のただ中に心の世界を打ち開くという古池の句の構造をそのまま桜に応用した句。

京にても京なつかしやほとゝぎす　芭蕉

元禄三年（一六九〇年）夏、『おくのほそ道』の旅の翌年、京都での句。ホトトギスの声を聞くと、京にいても昔の京が懐かしいというのだ。京という一字が今の京と昔、『源氏物語』などに描かれた京という異なる次元の意味に使われている。古池の句では「蛙飛こむ水のおと」を聞いて「古池」という心の世界が開かれたように、ここでは「ほとゝぎす」という現実の鳥の声によって、「京にても京なつかしや」という心の世界が開かれている。この句も声（音）が心の世界を開くきっかけになっている。典型的な古池型の句である。

このような心の世界の開けている句は古池の句以降、次々に詠まれる。ところが、古池の句以前にはない。ただ、古池の句にいたるまでの句境の進展のあとを留めている句がある。

かれ朶に烏のとまりけり秋の暮　芭蕉

この句は延宝八年（一六八〇年）秋に詠まれたときは、次の形だった。古池の句を詠む六年前のことである。

枯枝に烏のとまりたるや秋の暮　芭蕉

これを芭蕉はのちに「烏のとまりけり」と改めた。

この二つの句はどう違うか。初案の「烏のとまりたるや」は「枯れ枝に烏がとまっている。いかにも秋の暮だなあ」ということ。「枯枝に烏のとまりたるや」も「秋の暮」も眼前の景。

一方、推敲後の「烏のとまりけり」は「秋の暮の夕闇の中、ふと気がつくと枯れ枝に鳥がとまっている」ということ。「秋の暮」は眼前の景。ところが、「かれ朶に鳥のとまりけり」は現実の風景なのだが心の世界に近い。回想の助動詞、切字の「けり」を使うことによって静かな心の世界がとりこまれようとしているのだ。このとき、芭蕉は明らかに心の世界へ向かっていた。

おもしろいことに二つの句どちらも、芭蕉が句を添えた絵が残っている。初案の「鳥のとまりたるや」の句の添えられた絵は何羽もの鳥が枯れ木にとまったり、飛び交ったりしている。これに対して、推敲後の「鳥のとまりけり」の句の添えられた絵は一羽の鳥が枯れ枝にしんととまっている。初案の句なら鳥は何羽いても構わないが、推敲後の句の「ふと気がつくと……」という静かな感じを出すには鳥は一羽でなければならなかった。

しかし、この句の「かれ朶に鳥のとまりけり」は古池の句の「古池」と違って、まだ完全な心の世界とはいえない。心の世界の色合いを帯びてはいるが、あくまで現実の風景なのだ。このため、「かれ朶に」の句は蕉風開眼の句になれなかった。蕉風開眼は古池の句を待たなければならなかった。

なぜ、みちのくなのか

芭蕉は古池の句を詠んで現実のただ中に心の世界を打ち立てた。これが蕉風開眼と呼ばれるものの実体だった。その三年後、みちのくへと旅立つ。芭蕉は古池の句で開いた心の世界を、いまだ訪ねたことのないみちのくという土地で思う存分、試みてみようとしたのだ。

古池の句から『おくのほそ道』の旅にいたる芭蕉の動静をみておきたい。芭蕉の年齢は、かぞえ年。

・貞享三年（一六八六年、四十三歳）
春、江戸深川の芭蕉庵で古池の句を詠む。
・貞享四年（一六八七年、四十四歳）
八月、中秋の名月にあわせて鹿島《かしま》神宮に参拝（『鹿島詣』）。十月、『笈《おい》の小文』の旅に出発。江戸を発ち、名古屋を経て郷里の伊賀上野で越年。
・貞享五年（元禄元年、一六八八年、四十五歳）
伊賀上野で正月を迎える。二月、伊勢神宮に参拝。三月、伊賀上野を発ち、吉野山、奈良、大坂、須磨、明石まで足をのばす（ここまでが『笈の小文』）。京を経て、七月、名古屋に到着。八月、名古屋から中山道を通って八月下旬、江戸に帰る。途中、更科《さらしな》で月見（『更科紀行』）。

・元禄二年（一六八九年、四十六歳）

三月、『おくのほそ道』の旅に出発。八月、大垣に到着。

このとおり、芭蕉は古池の句を詠んでから『おくのほそ道』の旅に出発するまでの間に三つの旅をしている。古池の句を詠んだ翌年秋の『鹿島詣』の旅。その年冬から翌年夏にかけて江戸から須磨、明石まで行脚した『笈の小文』の旅。その年の秋、『笈の小文』の旅の帰り道に更科で中秋の名月を眺めた『更科紀行』。この三つである。

『おくのほそ道』の冒頭をもう一度、思い出してほしい。そこに「予も、いづれの年よりか、片雲の風にさそはれて、漂泊の思ひやまず、海浜にさすらへて、去年の秋、江上の破屋に蜘の古巣をはらひて」とあった。ここで「海浜にさすらへて」とは『笈の小文』の旅で須磨、明石を訪ねたこと、「去年の秋、江上の破屋に蜘の古巣をはらひて、やゝ年も暮」とあるのは、『笈の小文』と『更科紀行』の旅を終えて隅田川のほとりの芭蕉庵に戻ってきたことをいっている。そして、今度はみちのくへ旅立とうというのだ。

なぜ、みちのくなのか。

みちのくは漢字を宛てれば「道の奥」。文字どおり道の最果ての国。そこは松島をはじめ数々の歌枕の待つ国。歌枕とは人間の想像力が作りあげた名所。古池の句で開いた心の世界を試すにはこれ以上、ふさわしい土地はないだろう。『おくのほそ道』の冒頭に「松島の月先心にかゝりて」と書いたのは、芭蕉の真情だったにちがいない。その名を知られたみちのくの松島こそは歌枕の中の歌枕なのだから。

第三章　『おくのほそ道』の構造

歌枕の宝庫

正徹《しょうてつ》（一三八一―一四五九）という室町時代の歌人がいる。南北朝が統一され、金閣が建てられ、世阿弥《ぜあみ》が能を演じ、土一揆が巻き起こり、将軍が暗殺され、宗祇が旅した破壊と創造の時代を生きた人である。

歌人としての強烈な自負と古典の深い素養にもとづいて、藤原定家と『新古今集』を理想と仰ぎ、同時代の堕落した宮廷歌人たちを厳しく批判した。『正徹物語』はその正徹が晩年に書いた歌論書である。その中に歌枕について記した一節がある。

よし野山いづくぞと人のたづね侍らば、たゞ花にはよし野、紅葉《もみぢ》には立田《たつた》をよむ事と思ひ侍《はべ》りてよむばかりにて、伊勢やらん日向《ひうが》やらん、しらずとこたふべき也。いづれの国と才覚はおぼえて用なし。おぼえんとせねども、おのづから覚えらるれば、よし野は大和としる也。（『正徹物語』）

「花の吉野山」というとおり吉野山は桜の聖地にして最大の歌枕。いうまでもなく大和にある。しかし、正徹は、もし誰かに「吉野山はどこにあるのか」と尋ねられたら、こう答えよというのだ。花を詠むときは吉野山を、紅葉を詠むときは竜田山《たつたやま》を詠もうと思いながら詠むだけで、吉野山が伊勢にあるのか、日向にあるのか、そんなことはどうでもよい。

こうもいう。吉野山がどこの国にあるかなどという知識は役に立たない。もし覚えようとしなくてもおのずから覚えたのなら吉野山は大和にあると知っているくらいでいい。

この正徹の記述は歌枕というものの基本的な特徴を突いている。それは歌枕が地上のどこかにある単なる名所旧跡ではなく、想像力によって造り上げられた名所であるということ。

そもそも歌枕が誕生するには、その土地のかすかな消息があればよかった。というより、消息はかすかなほどよかった。多すぎる情報はかえって想像力の働きを阻害するからである。春になれば全山、桜の花に包まれる山が彼方にあるという、松の小島の散らばる穏やかな内海がはるか北の国にあるという風の便りがあれば十分だった。あとは人々の想像力に任せておけば、長い歳月のうちに吉野山が、松島が心の中に現われる。

こうして誕生したのが歌枕だった。数々の歌枕の中には所在の明らかな歌枕もあるが、どこにあるのかわからない歌枕、さらに、地上のどこにも存在しない歌枕があるのはそのためだ。

このような想像力の賜物である歌枕のいちばんの宝庫がみちのくである。なぜなら、みちのくはこの世の道の最果ての国だったから。みちのくは多くの歌枕を生む条件を備えた土地だった。まず、都と道で結ばれていて、この道を通じて消息が都にもたらされた。次に、人々が想像力を働かせられるよう、都から十分、遠く離れた土地であった。はるかなみちのくから道を通じて都へもたらされるかすかな消息を種にして、都の人々の心の中に数々の歌枕が生まれていった。みちのくの歌枕はみちのくにあったのではなく、都の人々の心の中にこそあったのである。その中の最大の歌枕が松島だった。

元禄二年（一六八九年）春、芭蕉が曾良とともに向かおうとしていたみちのくはこうした歌枕の国だった。古池の句で打ち開いた心の世界を試みるのに、みちのく以上にふさわしい土地はなかっただろう。

歌仙の面影

さて、みちのくといえば、漠然と東北地方一帯を思い浮かべるが、みちのくとは東北地方の太平洋側、かつての陸奥《むつ》をさしている。今の福島、宮城、岩手、青森の四県の占める地域に当たる。このかつての陸奥は明治以降、五つの国に分けられた。南から磐城《いわき》（福島県東部）、岩代《いわしろ》（福島県西部）、陸前（宮城県）、陸中（岩手県）、陸奥（青森県）の五国である。陸奥という国名には本来の陸奥（みちのく）と明治以降の陸奥（今の青森県）という二つの意味がある。ここでは本来の陸奥は「みちのく」、明治以降の陸奥は「陸奥」と呼ぶことにしよう。

芭蕉の『おくのほそ道』の旅は、みちのく行脚ともいうように、この歌枕の宝庫であるみちのくの旅を第一の目的にしていた。しかし、江戸からみちのくへ行って帰って来るには、みちのく以外の土地も通らなくてはいけない。芭蕉はみちのくへゆくまでに武蔵、下野を通り、帰りは日本海側へ出て出羽、越後、越中、加賀、越前、近江を通って美濃の大垣で旅を終えた。

芭蕉は自分たちがたどったこの経路での見聞をそのまま『おくのほそ道』につづったのではない。この一点だけをみても『おくのほそ道』は単純な紀行文ではない。ある構想のもとに書かれていて、『おくのほそ道』を読むと、芭蕉が抱いた構想がうすうすと透けてみえる。

その構想とは何か。すぐ気がつくのは『おくのほそ道』は四つの部分に分かれているということだ。まず、旅の第一の目的はみちのくを旅することだったのだから、この部分が一つのまとまりをなしているということは想像がつく。みちのくの入り口、白河《しらかわ》の関から平泉まで。この間は松島をはじめとするみちのくの歌枕が踝《きびす》を接して並んでいるところ。ここが『おくのほそ道』のいわば主菜である。

次に、みちのくが『おくのほそ道』の主菜なら、江戸深川を発ってからみちのくの入り口である白河の関の前の蘆野《あしの》までは前菜にあたるだろう。この間、芭蕉たちは憧れのみちのくへの道をたどりながら、それに備えて心身を清める禊《みそぎ》を次々に済ませてゆく。

みちのくの旅を終えると、芭蕉たちは同じ道を帰らず、日本海側へ出て海沿いの道をたどる。『おくのほそ道』のこの後半の日本海沿岸の旅も前半同様、二つに分かれる。一つはみちのくと出羽の境、尿前《しとまえ》の関から越後まで。もう一つは市振《いちぶり》の関から終着点の大垣まで。

このうち、尿前の関から越後まで、国名でいえば出羽と越後では、芭蕉は太陽や月や銀河をすぐそこに眺めながら、いわば宇宙的な空間を旅することになる。

次の市振の関から大垣まで、越中、加賀、越前、近江、美濃の旅では親しい人々との別れが芭蕉たちを待っている。みちのくから日本海側へ出て、宇宙的な空間を歩いてきた芭蕉はここでもう一度、人間の世界へ、浮世へと帰ることになる。

このように『おくのほそ道』は行程に従って四つの部分に分かれている。興味深いのは白河の関、尿前の関、市振の関という昔の大きな関がその境界になっていることである。

しかも、この三つの関によって区切られる四つの部分にはそれぞれ異なる主題がある。第一部（江戸深川から蘆野まで）は旅の禊。第二部（白河の関から平泉まで）は歌枕巡礼、第三部（尿前の関から越後まで）は宇宙的な世界。第四部（市振の関から大垣まで）は浮世帰り。

芭蕉が「かるみ」について初めて語るのは、この第四部の金沢でのことだった。こうしてみると、『おくのほそ道』はみちのくの歌枕を訪ねて、その帰りに「かるみ」を見つけた旅だったということができるだろう。

【深　川】
←〈第一部〉旅の禊
【白河の関】
←〈第二部〉歌枕巡礼
【尿前の関】
←〈第三部〉太陽と月（不易流行）
【市振の関】
←〈第四部〉浮世帰り（かるみの発見）
【大　垣】

この四部の構成を眺めていると、『おくのほそ道』の構造がみえてくる。それは数人の連衆《れんじゅ》が次々に句を付け合う連句である。その連句の中でも芭蕉はとくに歌仙という型式を愛した。『おくのほそ道』にはその歌仙の面影が透けてみえるのだ。

歌仙は芭蕉の骨髄

歌仙とはもともと連歌の一つの型式だった。長句（五・七・五）と短句（七・七）を交互に連ねて全部で三十六句、これで一巻とする。平安時代の大歌人、藤原公任《きんとう》は柿本人麻呂をはじめとする三十六人の優れた歌人を選び、三十六歌仙と呼んだ。この三十六歌仙にちなんで三十六句の連歌型式を歌仙という。

室町時代にこの連歌から「俳諧の連歌」（略して俳諧）が生まれた。これは優美を重んじる本来の連歌に対して、俳諧すなわち滑稽を旨とする連歌だった。この俳諧の連歌（俳諧）が明治以降、「連句」と呼ばれる。

さて、連歌の正式な型式は長句と短句を百句連ねる「百韻」である。そこで連歌から生まれた俳諧（連句）もはじめは百韻が主流だった。ところが、長短百句を連ねるには何日もかかる。暇な貴族階級の人々がたしなんでいるうちはいいが、時代が下って武士や町人に広まると、これではいかにも長すぎた。

そこで俳諧（連句）が広まるとともに用いられるようになったのが百韻の約三分の一、三十六句で一巻とする歌仙という型式である。これなら興に乗れば一日で巻き上げられるし、長くても二日もあれば十分。

　この歌仙型式を自由自在に使いこなし、元禄時代に俳諧(連句)という文芸の頂点を築いたのが芭蕉とその門弟たちだった。こうして、芭蕉以降、俳諧(連句)といえば歌仙、歌仙といえば俳諧(連句)のことになる。

　今日、芭蕉は俳句の作者、すなわち俳人として通っているが、芭蕉自身は自分をまず俳諧師、すなわち俳諧(連句)の作者と考えていた。芭蕉は「発句は門人の中、予におとらぬ句する人多し。俳諧においては老翁が骨髄」(李由《りゆう》、許六《きよりく》編『宇陀法師《うだのほうし》』)と常々語っていたという。発句(俳句)は門人の中にも私に劣らぬ人がいくらもいるが、俳諧(連句)こそは私の骨髄であるというのだ。この「骨髄」の一語には俳諧(連句)は誰にもおくれをとらないという芭蕉の自負がこめられている。

　芭蕉はこうも語った。「真ンの俳諧をつたふる時は、我骨髄より油を出す。かならずあだにおもふ事なかれ」(『俳諧問答』許六「誹諧撰集法」)。真の俳諧(連句)を伝えようとするとき、私は骨髄から油を出す。いいかげんな気持ちで聞いていてはいけない。芭蕉はここでも「骨髄」といっている。

　では、歌仙の構造をみておこう。洋数字の奇数(1、3、5……)が長句(五・七・五)、偶数(2、4、6……)が短句(七・七)である。

【初折の表】表六句
1　発句
2　脇
3　第三
4　四句目
5　五句目　月の定座
6　折端
【初折の裏】十二句
7　初句
8　二句目
9　三句目
10　四句目
11　五句目
12　六句目
13　七句目　月の出所
14　八句目
15　九句目

16　十句目
17　十一句目　花の定座
18　折端
【名残の表】十二句
19　初句
20　二句目
21　三句目
22　四句目
23　五句目
24　六句目
25　七句目
26　八句目
27　九句目
28　十句目
29　十一句目　月の定座
30　折端
【名残の裏】六句

31　初句
32　二句目
33　三句目
34　四句目
35　五句目　　花の定座
36　挙句

歌仙は二つに折った懐紙二枚に書きつける。そのうち、一枚目の懐紙を初折、二枚目の懐紙を名残の折と呼ぶ。折とは折った懐紙のことだ。次に初折、名残の折ともに折目を境にして表と裏がある。次々に詠まれる句をまず初折の表に六句（表六句）、初折の裏と名残の折の表に各十二句、名残の裏に六句書く。

このように歌仙は二枚の懐紙を二つに折ってできる四つの面に書く。この書式から歌仙は必ず四部構成となる。歌仙のこの四部はただ区分けしてあるだけではなく、内容にも違いがある。歌仙はふつう穏やかに巻きはじめて穏やかに巻き終える。初折の表（表六句）と名残の折の裏では波乱を避ける。神祇、釈教など宗教にかかわるもの、恋、無常（死）など激しい感情を呼び起こすもの、地名（歌枕）、旧懐（思い出）、病、旅などの非日常的なものは初折の裏から名残の折の表で出す。

歌仙のこの四つの部分に『おくのほそ道』の四つの部分は重なる。『おくのほそ道』の太平洋側のみちのくから尿前の関を越えて日本海側の出羽へ入るところは、歌仙の一枚目の懐紙から二枚目の懐紙への移行を思わせる。白河の関は初折の懐紙の折目、市振の関は名残の折の懐紙の折目に当たる。

そればかりではない。歌仙そのものが旅に似ている。長短の句を次々に付け合う連衆にはつねに前へ進むことが求められる。すでに使われた言葉を用いたり、前の趣向に戻ったり、後戻りは許されない。芭蕉自身、三十六句からなる歌仙について「たとへば歌仙は三十六歩なり。一歩も後に帰る心なし。行くにしたがひ、心の改まるは、たゞ先へ行く心なればなり」（土芳《とほう》『三冊子《さんぞうし》』）と語っている。

歌仙を巻く心構えとして弟子たちに教えた「一歩も後に帰る心なし」とは『おくのほそ道』の旅にのぞむ芭蕉の心でもあっただろう。

面影ということ

『おくのほそ道』に歌仙の面影があるといっても、『おくのほそ道』の組み立てが歌仙の構造とぴったり一致するというわけではない。細かく見てゆくと、むしろ相違点のほうが目につく。

すぐ気がつくのは句の数が違うということ。歌仙は三十六句なのに対して、『おくのほそ道』は六十三句（芭蕉五十句、曾良十一句）ではるかに多い。芭蕉の句だけ拾っても五十句もある。

さらに歌仙では月の句、花の句を詠む位置が決まっている。初折の表五句目は月の定座、初折の裏七、八句目は月の出所、十一句目は花の定座。名残の折に入ると、表十一句目は月の定座、裏五句目は花の定座。定座はそこで詠むところ、出所はその辺で詠むところ。また、定座や出所ではないが、恋の句は初折の裏と名残の折の表で詠むことになっている。ところが、『おくのほそ道』では歌仙のこの約束が守られていない。

このように『おくのほそ道』には歌仙との食い違いはいくつもある。それにもかかわらず、歌仙が面影のように透けてみえる。

これはどういうことだろうか。『おくのほそ道』は歌仙に似ている、歌仙の面影が見えるというと、歌仙そのままでなければならないと思うかもしれない。しかし、むしろ歌仙の構造から大いにはずれていることが大事なのだ。歌仙かと思えば歌仙でなく、歌仙でないかと思えば歌仙である。だからこそ面影なのだ。逆に『おくのほそ道』が歌仙そのままであれば、歌仙を引き写しただけのこと。何も芭蕉が書く必要はなかっただろう。

芭蕉が「木のもとに」の巻を巻いた同じ元禄三年夏、京の去来と凡兆《ぼんちょう》を相手に巻いた歌仙が俳諧選集『猿蓑《さるみの》』にある。凡兆の発句、芭蕉の脇ではじまる。

市中《いちなか》は物のにほひや夏の月　凡兆
あつし〳〵と門《かど》〳〵の声　芭蕉

この歌仙「市中は」の巻の初折の裏の五、六句目に芭蕉と去来の次のような付け合いがある。

魚の骨しはぶる迄の老《おい》を見て　芭蕉
待人入れし小《こ》御《み》門《かど》の鎰《かぎ》　去来

芭蕉の句は魚の骨についている身をすっかり歯の抜け落ちた口でざぶざぶとしゃぶる漁村の老人。それに対する去来の付け句は、その老人を大きな屋敷の門番に宛えている。その門番の翁が、女主が今か今かと待っていた恋人を門の脇の小さな通用口からこっそり屋敷の中に入れてやる。

この去来の付け句は『源氏物語』末摘花《すえつむはな》の巻のある場面を踏まえている。ところが、そこで描かれるのは末摘花と一夜を過ごした光源氏が雪の白く積もった早朝、屋敷を出るところ。「御車いづべき門はまだ開けざりければ、鍵の預りたづね出でたれば、翁のいといみじきぞ出で来たる」とある。牛車に乗って屋敷を立ち去ろうとする光源氏が、門がまだ閉じているので、鍵を誰が持っているか尋ねさせると、よぼよぼの老人(「翁のいといみじき」)が出てきて門を開けてくれた。

去来の句は末摘花の場面を踏まえているのだが、細部はいくつかの点で異なっている。まず、末摘花では光源氏を門から出すところだが、去来の句は待ち人を入れてやる。光源氏が立ち去るのは朝だが、待ち人が来るのは宵ということになるだろう。それに、光源氏は牛車に乗って門から出てゆくのに対して、待ち人は歩いて脇の通用門から入ってくる。

このように場面のいくつかの要素は入れ替えられているが、去来のこの付け句を詠んだ人は「あ、去来は末摘花のあの場面を引用しているな」とわかる。末摘花の雪の朝の場面は面影として去来の句に生きているわけだ。

去来は末摘花の場面をそのまま一句に仕立てるのではなく、いくつかの要素を入れ替えた。もし、去来の付け句が末摘花の完全な引き写しであったなら、その場面を一句に仕立てたというだけのことで何の面白みもなかっただろう。末摘花を借りながら、ところどころ違っている。はずれているからこそ文芸なのだ。

古典を引用しながら巧みにはずす。芭蕉とその門人たちにとって、それはお手のものだった。芭蕉たちの歌仙にはこうした例がいくらも見つかる。これと同じように芭蕉は『おくのほそ道』を書く際も歌仙の構造を借りながら、そのとおりにはせず、歌仙の面影だけを残した。

自分の得意なものがいつの間にか別のものに影を落とす。歌仙は芭蕉の「骨髄」だった。その歌仙の面影が『おくのほそ道』にさしたとしても不思議はない。

第四章　旅の禊——深川から遊行柳まで

別れと禊

では、芭蕉と曾良の二人とともに『おくのほそ道』の旅に出かけよう。

私たちはすでに、芭蕉はみちのくの歌枕を尋ねるために元禄二年（一六八九年）春、江戸を旅立ったことを知っている。その三年前の貞享三年（一六八六年）春、古池の句を詠んで開いた心の世界を歌枕の宝庫、みちのくで思う存分、開花させようとしたのだった。

そこで『おくのほそ道』のうち、みちのくの部分（白河の関から平泉まで）こそがこの旅の本来の目的であり、主菜にあたる。しかし、料理よりおいしいデザートがあるように『おくのほそ道』の旅は芭蕉にとって思わぬ収穫をもたらす。帰り道に立寄る金沢で芭蕉は「かるみ」を見出すだろう。

私たちはまた、この『おくのほそ道』の旅が歌仙の面影を宿し、四つの部分に分かれていることも知っている。ここでとりあげる第一部（深川から蘆野まで）は歌仙なら表六句だが、みちのくの旅にそなえての準備、いわば心身を清める禊にあたる。

芭蕉たちがそこで何をし、何と出会ったか、簡単にみておこう。

まず『おくのほそ道』の初めに語られるのは旅立ちにのぞんでの二つの別れである。

その一つは住み慣れた江戸深川の芭蕉庵との別れ。芭蕉がこの草庵に入ったのは延宝八年（一六八〇年）冬。火事で焼かれたことも長旅で留守にしたこともあったが、芭蕉はこの草庵に八年間、住んだ。

もう一つは親しい人々との別れ。江戸の門弟や友人たちが深川から舟に乗って千住まで送ってくれた。

そこから先は旅の空。流れる雲も吹く風ももはやとどまるところを知らない。室《むろ》の八《や》島《しま》、日光に参拝し、黒髪山《くろかみやま》では曾良が旅立ち前に髪を剃って僧形となっていたことが明かされる。裏見《うらみ》の滝では滝にこもり、まさに禊の姿である。

みちのくの入り口、白河の関の直前、その昔、西行が訪れて一首の歌を詠んだという伝説のある蘆野の柳のもと、芭蕉はめでたくも西行と一体となり、白河の関をみちのくへ越えようとする。

深川（プロローグ）

月日は百代《はくたい》の過客《くわかく》にして、行《ゆき》かふ年も又旅人也。舟の上に生涯をうかべ、馬の口とらえて老《おい》をむかふる物は、日々旅にして旅を栖《すみか》とす。古人も多く旅に死せるあり。

予も、いづれの年よりか、片雲《へんうん》の風にさそはれて、漂泊の思ひやまず海浜《かいひん》にさすらへて、去年《こぞ》の秋、江上《かうしやう》の破屋《はをく》に蜘《くも》の古巣をはらひて、やゝ年も暮《くれ》、春立《たて》る霞《かすみ》の空に白川の関こえんと、そゞろ神《がみ》の物につきて心をくるはせ、道祖神のまねきにあひて取《とる》もの手につかず、もゝ引の破《やぶれ》をつゞり笠の緒《を》付《つけ》かえて三里に灸《きう》すゆるより、松島の月先《まづ》心にかゝりて、住《すめ》る方《かた》は人に譲り、杉風《さんぷう》が別墅《べつしよ》に移るに、

草の戸も住《すみ》替《かは》る代ぞひなの家

面《おもて》八句を庵《いほり》の柱に懸置《かけおく》。

『おくのほそ道』の冒頭の部分。書き出しから「古人も多く旅に死せるあり」までは、杜甫の詩のような悲壮な響きを帯びている。「月日は百代の過客にして、行かふ年も又旅人也」。初めのこの一文は月、日、年、つまり時間を旅人にたとえる。「予も、いづれの年よりか」からは芭蕉の「漂泊の思ひ」をつづる。「海浜にさすらへて、去年の秋、江上の破屋に蜘の古巣をはらひて」とは、二年前の貞享四年(一六八七年)冬、江戸を発って『笈の小文』の旅に出、翌年夏、須磨明石に遊んだこと、その秋、ふたたび江戸深川の芭蕉庵「江上の破屋」に帰ったことをさしている。

その「漂泊の思ひ」が昂じて今度はみちのくへ旅立つことになったというのだ。「松島の月先心にかゝりて」はこの旅の目的がみちのくの歌枕巡礼であることをはっきり示している。みちのくは歌枕の宝庫、その歌枕の中の歌枕が松島だった。

さて、問題は「草の戸も」の一句。内容に入る前にこの句の切れの位置を斜線／で示しておこう。

／①草の戸も住替る代ぞ／②ひなの家／③

このうち①と③の切れは句の前後の切れ。この二つの切れは『おくのほそ道』の地の文から句を切り出し、俳句を俳句として成り立たせる重要な切れである。句の前後の切れは、地の文のないふつうの俳句を含め、すべての俳句にある。この二つの切れがなければ、俳句は散文（地の文）と区別がつかなくなってしまう。

②の切れは句中の切れ。この句の問題はこの句中の切れをどう読むかにかかっている。句の直前の地の文に「住る方は人に譲り、杉風が別墅に移るに」とある。「住る方」は前に出てきた「江上の破屋」、すなわち深川の芭蕉庵である。「杉風が別墅」はその近くにあった杉風の別邸、採茶庵《さいだあん》のこと。杉風は幕府御用の魚問屋の主。江戸蕉門の古参の一人で芭蕉の支援者でもあった。芭蕉庵も杉風の持ち家だった。芭蕉は旅立ちを前に芭蕉庵を人に譲って採茶庵に引っ越した。

そうすると、この句は芭蕉が芭蕉庵を立ち退くにあたって、長年住み慣れた庵に贈った別れの一句。新しい住人には妻子があるから、やがてくる雛祭には雛人形が飾られ、今までの独り者の侘《わ》び住まいと打って変わって、きっと華やぐことだろうというのだ。

見てのとおり、この句は「住替る代ぞ」のあとで切れる。この句中の切れを境にして「草の戸も住替る代ぞ」はこの草庵もいよいよ主が替るときがきたという現実。それに対して、「ひなの家」はやがて雛人形が飾られるだろうという想像。つまり、この句は現実と心の世界の取り合わせという古池型の句なのだ。

古池の句は蛙が水に飛びこむ現実の音を聞いて、古池という心の世界を初めて開いた蕉風開眼の一句だった。芭蕉は古池の句で開いたこの心の世界を『おくのほそ道』の第一句で早速、試しているわけだ。

この句のあとにつづく「面八句を庵の柱に懸置」とはこの句を発句にして表八句を巻き、それをしたためた懐紙を別れの印に芭蕉庵の柱にかけたということ。百韻形式の連句では初折の表に発句以下八句を書いた。これが表八句（面八句）で歌仙の表六句に相当する。

ところが、こう解釈しない説がある。その説は「ひなの家」は芭蕉の想像ではなく、かつての芭蕉庵にすでに雛人形が飾られているところと解釈する。あの芭蕉庵にも新しい住人が妻子ともども移り住み、雛人形が飾られて華やかになったなあという意味の句になる。

しかし、こう解釈すると、いろいろと不都合なことが起こる。一つは今や他人の所有物である家の一室に雛人形の飾られているところを芭蕉がなぜ見ることができたかということ。

もう一つはこの句を発句にした表八句を「庵の柱」にかけたとあるが、この庵が芭蕉庵なら、他人の家に上りこんで座敷の柱に表八句をかけるというのはおかしい。かといって、この庵が芭蕉が引き移った採茶庵なら、芭蕉庵への別れの表八句を別の庵の柱にかけるということになり、もっとおかしい。

さらに問題なのは、芭蕉が引っ越したあと、芭蕉庵を詠んだとすれば、みちのくへの旅を前にして、いきなり後戻りする事態が生じてしまうことである。これから出かける旅の方向とはまったく逆方向のベクトルが働くことになるわけだ。これでは『おくのほそ道』の書き出し早々、水を浴びせるようなもの。

芭蕉は歌仙について「たとへば歌仙は三十六歩なり。一歩も後に帰る心なし。行くにしたがひ、心の改まるは、たゞ先へ行く心なればなり」（土芳『三冊子』）と書いていたことを思い出して欲しい。『おくのほそ道』は歌仙を面影にした旅だった。この「一歩も後に帰る心なし」という心意気は当然、『おくのほそ道』の書き方にも及んでいたはずである。

こうした不都合があるにもかかわらず、そう解釈するのは「ひなの家」を芭蕉の心の世界とするより、目の前にある現実そのものとするほうがいいという考えからである。

想像より現実を重んじる近代的なリアリズムに沿っているが、リアリズムという観念で「草の戸も」の句の解釈をねじ曲げようとしているわけだ。

古池の句によって開かれた蕉風とは現実のただ中に開かれた心の世界だった。古池がそうだったように、この「ひなの家」も芭蕉の心に浮かんだ幻。芭蕉はこの華やかな幻を芭蕉庵への別れの贈りものにした。

【現代語訳】

月日は永遠の旅人(百代の過客)であり、行き交う年もまた旅人である。舟の上に生涯を浮かべ、馬の口輪をとって老いを迎える者は、日々旅にして旅を栖とする。昔の詩人にもあまた旅に死んだ人がいる。

私もいつの年からか片雲の風に誘われて漂泊の思いやまず、海辺をさすらって去年の秋、隅田川のほとりのあばら家に蜘蛛の古巣を払って、しだいに年も暮れ、春立つ霞の空に白河の関を越えようと、そぞろ神がものに憑いて私の心を狂わせ、道祖神に招かれて何をしても手につかず、股引の破れをつづり、笠の緒付け替えて、足の三里に灸をすえてから松島の月がまず心にかかって、住んでいる草庵は人に譲り、杉風の別邸に移るにあたって、

草の戸も住替る代ぞひなの家

この草庵も
住み手が替わるときがきた――
お雛さまの家になるね

これを発句にした表八句を草庵の柱に懸けておく。

千住（旅立ち）

弥生も末の七日、明《あけ》ぼの、空朧々《ろうろう》として、月は在明《ありあけ》にて光おさまれる物から、不二《ふじ》の峰幽《かすか》にみえて、上野、谷中《やなか》の花の梢《こずゑ》、又いつかはと心ぼそし。むつまじきかぎりは宵《よひ》よりつどひて舟に乗《のり》て送る。千じゆと云《いふ》所にて船をあがれば、前途《せんど》三千里のおもひ胸にふさがりて幻のちまたに離別の泪《なみだ》をそゝぐ。

行《ゆく》春や鳥啼《なき》魚の目は泪

是《これ》を矢立《やたて》の初《はじめ》として、行道《ゆくみち》なをすゝまず。人々は途中に立《たち》ならびて、後《うし》ろかげのみゆる迄はと見送《みおく》るなるべし。

芭蕉庵との別れにつづいて、ここは親しい人々との別れの場面。「弥生も末の七日」は三月二十七日。太陽暦では五月十六日。すでに初夏だが、晩春のこととしてつづっている。

芭蕉と曾良は採茶庵を出て、見送りの人々とともに舟に乗り、隅田川をさかのぼる。千住《せんじゅ》で舟から上り、一同別れを惜しんだ。千住は日光街道第一の宿場。別れがそのまま旅立ちである。「幻のちまた」とは幻のようにはかないこの世の分かれ道。

／行 春 や／鳥 啼 魚 の 目 は 泪／

「行春や」と「鳥啼魚の目は泪」の取り合わせ。「行春や」は春は去り、人（芭蕉と曾良）は旅立つという現実の別れ。これに対して「鳥啼魚の目は泪」はその現実の別れに当たって心に湧きおこった鳥は鳴き魚は涙を流しているという芭蕉の想像、つまり心の世界である。「草の戸も」の句につづいて、『おくのほそ道』二番目のこの句もまた古池型の句である。

この千住で舟から陸に上るところと、『おくのほそ道』結びの地、大垣で舟に乗って伊勢へ向かうところとはるかな時空をへだてて呼応している。

蛤《はまぐり》 の ふ た み に わ か れ 行《ゆく》 秋 ぞ　　芭 蕉

どちらも川のほとりでの別れの場面。千住で詠んだ「行春や」の句と大垣で詠むこの句との比較はのちほど、旅の終わりの大垣で。

【現代語訳】

弥生も二十七日、曙の空は朧々と月は有明となって光が収まってきたものの、富士の峰が幽かに見えて、上野、谷中の花の梢を眺めるのは今度はいつかと心細い。睦まじい人々はみな宵から集まって舟に乗って見送る。千住というところで舟を上がれば、前途三千里の思いが胸を塞ぎ、幻の巷に離別の涙をそそぐ。

行　春　や　鳥　啼　魚　の　目　は　泪

過ぎゆく春よ　旅立つ私たちよ――
鳥は別れを惜しんで啼き
魚の目は涙に潤んでいる

これを旅の最初の句として、行く道はなかなか進まない。人々は道に並んで後ろ姿の見える間はと見送っているようだ。

草加

ことし元禄二《ふた》とせにや、奥羽《あうう》長途《ちやうと》の行脚《あんぎや》只《ただ》かりそめに思ひたちて、呉天《ごてん》に白髪の恨《うらみ》を重ぬといへ共《ども》、耳にふれていまだめに見ぬさかひ、若生《もしいき》て帰らばと定《さだめ》なき頼《たのみ》の末をかけ、其日《そのひ》漸《やうやう》早加《さうか》と云《いふ》宿《しゆく》にたどり着《つき》にけり。瘦骨《そうこつ》の肩にかゝれる物、先《まづ》くるしむ。只身すがらにと出立侍《いでたちはべる》を、帋子《かみこ》一衣《いちえ》は夜の防ぎ、ゆかた、雨具、墨、筆のたぐひ、あるはさりがたき餞《はなむけ》などしたるは、さすがに打《うち》捨《すて》がたくて路頭の煩《わづらひ》となれるこそわりなけれ。

ここで「ことし、元禄二とせにや、奥羽長途の行脚只かりそめに思ひたちて」とまるで書き出しのような書き方をしているのは、見送りの人々とも別れて曾良と二人っきりになり、つくづく身の上を顧みているのだ。

「呉天に白髪の恨を重ぬといへ共」は、年老いた杜甫が辺境をさすらったように、私もこの年でみちのくへ旅するなんて愚かなことを繰り返しているというのだ。「耳にふれていまだめに見ぬさかひ」、噂に聞くだけで一度も見たことのない土地とは歌枕の国、みちのくのこと。

【現代語訳】

今年は元禄二年だったか、陸奥、出羽の長旅をはたと思い立ち、はるかな異国で白髪の翁となる恨みを重ねるのはわかっていても、耳に触れるだけでいまだ目で見たことのない土地、もし生きて帰れたらと当てにならぬ頼みを遠い行く末にかけて、その日ようやく草加という宿場にたどり着いた。

瘦骨の肩にかかる荷物がまず苦しい。ただ身ひとつでと出てきたのに、紙子一枚は夜の防ぎ、浴衣、雨具、墨、筆のたぐい、あるいは断りきれない餞別などに贈られたものは、さすがに打ち捨てられず、道中の煩いとなることこそ致し方ないことだ。

室の八島

室《むろ》の八《や》島《しま》に詣《けい》す。同行《どうぎやう》曾良が曰《いはく》、此《この》神は木《こ》の花さくや姫の神と申《まうし》て富士一躰《いつたい》也。無《う》戸《つ》室《むろ》に入《いり》て焼《やき》給ふ、ちかひのみ中に火々出見《ほほでみ》のみこと生《うま》れ給ひしより、室の八島と申《まうす》。又、煙を読習《よみならは》し侍《はべる》も、この謂《いはれ》也。将《はた》このしろといふ魚を禁ず。縁記の旨、世に伝ふ事も侍《はべり》し。

「室の八島」は歌枕。下野《しもつけ》の総社、大神神社境内の池にある八つの島がそれであると伝えるが、室の八島はもともと宮中の大炊寮《おおいりよう》にあった竈《かまど》のこと。だからこそ、ここで曾良もいうとおり「室の八島の煙」として和歌に詠まれてきた。それがいつの間にか下野の歌枕となった。この付近の清水から立ちのぼる水蒸気が煙のように見えるから。歌枕とはこのとおり、想像力の賜物なのである。

次の第五章で登場する藤原実方《さねかた》が「室の八島の煙」を詠んだ歌を一首あげておきたい。

いかでかは思ひありともしらすべき室の八島のけぶりならでは

藤原実方（『詞花集』）

木花開耶姫《このはなさくやひめ》は大山祇神《おおやまづみのかみ》の娘。高天原《たかまがはら》に降り立った瓊瓊杵命《ににぎのみこと》（天照大神の孫）の妃となり、火酢芹命《ほすせりのみこと》（海幸彦）、火明命《ほでりのみこと》、彦火火出見命《ひこほほでみのみこと》（山幸彦、ここでは「火々出見のみこ」）という三人の子を産んだ。この彦火火出見命は海神の娘、豊玉姫と結ばれる。神武天皇はこの二人の孫である。

無戸室は文字どおり、戸のない塗りごめの密室。一夜で子を孕んだのを瓊瓊杵命に疑われた木花開耶姫は、潔白を証明するために無戸室にこもって火を放った。天孫の子であれば焼け死ぬことはないというのである。

「室の八島」がその無戸室の跡であるということは、もともと日向を舞台とした木花開耶姫の神話が下野の歌枕「室の八島」に姿を変えているわけだ。

曾良の言葉「此神は木の花さくや姫の神と申て、富士一躰也」は、また別の話。ここ大神神社のご神体である木花開耶姫は富士山の浅間神社のご神体でもあるから、大神神社に参れば富士山に参ったことになるというのだ。「室の八島」すなわち富十参拝には、みちのくの旅を前にした禊の意味がこめられているだろう。

【現代語訳】

室の八島に詣でる。同行の曾良がいうには、この神は木花咲耶姫の神といって富士と一体である。無戸室に入って焼かれる、その誓いの中で彦火々出見尊がお生まれになったので室の八島という。また煙を詠む習わしも、この謂れからである。それに鰶《このしろ》という魚を禁じる。その縁起話は世の中に伝わっているものもあった。

日光（仏五左衛門）

卅日《みそか》、日光山の梺《ふもと》に泊《とま》る。あるじの云《いひ》けるやう、我名を仏五左衛門《ほとけござゑもん》と云《いふ》、万《よろづ》正直を旨とする故に人かくは申侍《まうしはべる》まゝ、一夜の草の枕も打解《うちとけ》て休み給へと云。いかなる仏の濁世塵土《ぢよくせぢんど》に示現《じげん》して、かゝる桑門《さうもん》の乞食《こつじき》順礼ごときの人をたすけ給ふにやと、あるじのなす事に心をとゞめてみるに、唯《ただ》無智無分別にして、正直偏固の者也。剛毅《がうき》木訥《ぼくとつ》の仁に近きたぐひ、気稟《きひん》の清質尤《もつとも》尊ぶべし。

日光の序段は日光山の麓の宿の主、仏五左衛門という善人の話。

【現代語訳】

弥生三十日、日光山の麓に泊まる。主がいったことには、私の名は仏五左衛門という。万事正直を信条にしているから人もそういうので、一夜の草枕、安心してお休みくださいという。いかなる仏が濁世塵土に現れて、こんな仏門の乞食順礼のような人を助けてくださるのやら、主のすることを心を止めてみると、ただ無智無分別にして正直一辺倒の者である。剛毅木訥は仁に近しというたぐい、清らかな気質はいかにも尊ぶべきである。

日光（御山詣拝）

卯月朔日《うづきついたち》、御山《おやま》に詣拝《けいはい》す。往昔《そのかみ》、此《この》御山を二荒山《ふたらさん》と書《かき》しを空海《くうかい》大師開基の時、日光と改《あらため》給ふ。千歳《せんざい》未来をさとり給ふにや、今此御光《このみひかり》一天にかゝやきて恩沢八荒《おんたくはつくわう》にあふれ、四民安堵《しみんあんど》の栖《すみか》穏《おだやか》なり。猶憚《なほはばかり》多くて筆をさし置《おき》ぬ。

あらたうと青葉若葉の日の光

いよいよ日光山参拝。江戸を発ったとき、すでに初夏だったが、『おくのほそ道』はここから夏に入る。「今此御光一天にかゝやきて、恩沢八荒にあふれ、四民安堵の栖穏なり」とは、二荒山を日光と改めたという空海、東照宮に祀られる徳川家康への賛辞である。

／あらたうと／青葉若葉の日の光／

青葉若葉に照り映える初夏の日の光を仰いでいると、何ともありがたい心持になる。ここで芭蕉は日光という地名を解きほぐして「日の光」としている。太陽礼賛の一句。単に「青葉若葉の日の光」が尊い（あらたうと）というのではない。「青葉若葉の日の光」を眺めるうちに何やら尊い気分になったというのだ。「青葉若葉の日の光」（眼前の景）に「あらたうと」（心の世界）を取り合わせた古池型の句。

【現代語訳】

卯月一日、日光山に参詣する。昔このお山を二荒山と書いたのを、空海大師がこの寺を開いたとき、日光と改められた。千年の未来を悟っておられたか、今や威光は一天にかがやき、恩恵は天下の隅々まであふれ、万民安堵の栖は穏やかである。これ以上は畏れ多くて筆を置いた。

あらたうと青葉若葉の日の光

なんと尊い——
青葉若葉に降り注ぐ
太陽の光は

日光（黒髪山）

黒髪山は霞かゝりて雪いまだ白し。

剃《そり》捨《すて》て黒髪山に衣《ころも》更《がへ》　曾良

曾良は河合《かはひ》氏にして惣五郎《そうごらう》と云《い》へり。芭蕉の下葉に軒をならべて予が薪水《しんすい》の労をたすく。このたび松しま、象潟《きさがた》の眺《ながめ》共にせん事を悦び、且《かつ》は羈旅《きりよ》の難をいたはらんと旅《たび》立暁《だつ》髪を剃《そり》て墨染にさまをかえ、惣五を改て宗悟とす。仍《よつ》て黒髪山の句有。衣更の二字、力ありてきこゆ。

黒髪山は歌枕。日光山の奥にそびえる男体山《なんたいさん》の古名。

　ぬばたまの黒髪山の山菅に小雨降りしきしくしく思ほゆ　　柿本人麻呂（『万葉集』）

柿本人麻呂が詠んだのは大和の黒髪山だったが、のちに下野の歌枕になった。この名から緑の黒髪のように樹木が鬱蒼と茂る山を想像する。

芭蕉はここで同行の曾良の人となりについて語っている。曾良は深川を旅立つ朝、髪を剃り、墨染めの衣をまとって僧の姿となっていた。その曾良の句。

　／剃　捨　て　黒　髪　山　に　衣　更／

二つのことを詠む取り合わせと違って、この句は一つのことを詠む一物《いちぶつ》仕立てである。句中の切れもない。江戸で髪を剃り落とし、その黒髪の名をもつこの山の麓で更衣《ころもがえ》をすることになったというのだ。更衣とは衣を夏物に改めることだが、これも禊の意味をもつ。

黒髪山の名を掛詞にした凝った作りだが、詠まれているのはみな現実のこと。古池型の句ではない。曾良は古池の句を知っていたし、蕉風も理解していたが、まだ自分のものとして十分には使いこなせなかった。

【現代語訳】

黒髪山は霞がかかって雪がいまも白い。

剃捨て黒髪山に衣更　曾良

とうに剃り捨てた
わが黒髪よ――黒髪山に来て
心も墨染の衣に変わった

曾良は河合氏にして名を惣五郎という。芭蕉の下葉に軒を並べて私の炊事の苦労を助ける。このたび松島や象潟をともに眺められるのを喜び、また旅の苦難を慰めようと、旅立つ暁、髪を剃り墨染の衣に替え、惣五を改めて宗悟とする。そこで黒髪山の句がある。衣更の二字、力強く聞こえる。

日光（裏見の滝）

廿余丁《にじふ》、山を登つて滝有。岩洞《がんとう》の頂より飛流して百尺《はくせき》、千岩の碧潭《へきたん》に落《おち》たり。岩窟《がんくつ》に身をひそめ入《いり》て滝の裏よりみれば、うらみの滝と申伝《まうし》え侍る也。

暫時《しばらく》は滝に籠《こも》るや夏《げ》の初《はじめ》

裏見の滝は日光山中の滝。滝の裏の崖に小道があり、滝を裏から仰ぐことができるのでこの名がある。

／暫　時　は　滝　に　籠　る　や／夏　の　初／

夏を迎える手はじめに、しばしの間、滝にこもったというのだ。「暫時は滝に籠るや」と「夏の初」の取り合わせだが、どちらも現実のことで古池型の句ではない。日光山参拝とこの滝ごもりは、旅の禊の頂点にあたる。

【現代語訳】

二十丁、山を登ると滝がある。岩洞の頂から飛流して百尺、千岩の青い淵に落ちている。岩窟に身を潜め入って滝の裏から見るので、うらみの滝と申し伝えている。

暫　時　は　滝　に　籠　る　や　夏　の　初

しばらくは
滝に籠る――僧侶のように

那須野

那須《なす》の黒ばねと云《いふ》所に知人《しるひと》あれば、是《これ》より野越《のごえ》にかゝりて直道《すぐみち》をゆかんとす。遥《はるか》に一村を見かけて行《ゆく》に雨降《ふり》日暮《くる》る。農夫の家に一夜をかりて明《あく》れば又野中を行《ゆく》。そこに野飼《のがひ》の馬あり。草刈《かる》おのこになげきよれば、野夫《やぶ》といへどもさすがに情しらぬには非ず。いかゞすべきや、されども此野《この》は東西縦横にわかれて、うゐ〳〵敷旅人《しき》の道ふみたがえん、あやしう侍れば、此馬《この》のとゞまる所にて馬を返し給へとかし侍《はべり》ぬ。ちいさき者ふたり、馬の跡したひてはしる。独《ひとり》は小娘にて名をかさねと云《いふ》。聞《きき》なれぬ名のやさしかりければ、

かさねとは八重《やへ》撫子《なでしこ》の名成《なる》べし　曾良

頓《やが》て人里に至れば、あたひを鞍つぼに結付《むすびつけ》て馬を返しぬ。

那須野は歌枕。

みちおほき那須の御狩《みかり》のやさけびにのがれぬ鹿のこゑぞ聞ゆる

藤原信実《のぶざね》（『夫木《ふぼく》和歌抄』）

芭蕉たちはここで二人の子どもと出会う。

／かさねとは八重撫子の名成べし／

「かさね」という少女の名前を聞いて詠んだ曾良の句、撫子といえば子どものこと、「かさね」という名はまるで八重撫子の花みたいだなというのだ。典型的な一物仕立て。

冒頭、「那須の黒ばねと云所に知人あれば」とあるこの知人とは、次に登場する那須黒羽藩の城代家老、浄坊寺《じょうぼうじ》高勝（桃雪《とうせつ》）とその弟、鹿子畑《かのこばた》豊明（翠桃《すいとう》（桃翠））。この兄弟は芭蕉の弟子だった。

【現代語訳】

那須の黒羽というところに知る人があるので、ここから野を越えて、まっすぐ近道をする。遠くの村をめざしてゆくと雨が降り日も暮れる。農家に一夜の宿を借りて明ければまた野中をゆく。

そこに野飼いの馬がいる。草刈りの男に泣く泣く頼めば、田舎者ではあるが、さすがに情を知らないではない。どうしたものか、といってもこの野は東西縦横に道が分かれて、慣れない旅人なら道に迷うのも気になるから、この馬の止まるところで馬を返してくださいと貸してくれた。

小さい者が二人、馬の跡を慕って走る。一人は小娘で名をかさねという。聞き慣れないその名が雅やかなので、

かさねとは八重撫子の名成べし　曾良

かさねという
君の名は
八重撫子の名前みたいだね

やがて人里に着いたので借り賃を鞍壺に結びつけて馬を返した。

黒羽

黒羽の館代《くわんだい》浄坊寺《じやうばうじ》何がしの方に音信《おとづ》る。思ひがけぬあるじの悦《よろこ》び、日夜語《かたり》つゞけて其《その》弟桃翠など云《いふ》が朝夕勤《てうせきつとめ》とぶらひ、自の家にも伴《ともな》ひて親属の方にもまねかれ、日をふるまゝに、ひとひ郊外に逍遥して犬追物《いぬおふもの》の跡を一見し、那須の篠原《しのはら》をわけて玉藻《たまも》の前の古墳をとふ。

それより八幡宮に詣《まうづ》。与市宗高《よいちむねたか》扇の的を射し時、別しては我国《わがくにの》氏神正八まんとちかひしも此《この》神社にて侍《はべる》と聞《きけ》ば、感応殊《かんのうことに》しきりに覚えらる。暮《くる》れば桃翠宅に帰る。

修験光明寺《しゆげんくわうみやうじ》と云《いふ》有。そこにまねかれて行者堂《ぎやうじやだう》を拝す。

夏山に足駄《あしだ》を拝む首途《かどで》哉

芭蕉たちは黒羽の浄坊高勝（秋鴉、桃雪）、弟の鹿子畑豊明（翠桃）らに歓待され、黒羽の名所旧跡を案内される。犬追物は鎌倉時代に盛んに行なわれた馬を走らせながら犬を射る競技。那須の篠原は黒羽近郊の地名。源実朝の歌で知られる。

もの丶ふの矢並つくろふ籠手《こて》の上に霰《あられ》たばしる那須の篠原

源実朝（『金槐集』）

玉藻の前は鳥羽院の寵姫《ちようき》。王道を滅ぼそうとたくらむ九尾《きゆうび》の狐の化身だったという。八幡宮は那須総社の金丸八幡宮《かなまるはちまんぐう》那須神社。屋島の合戦で扇の的の射手に選ばれた那須与一宗高は『平家物語』によれば、「未だ二十ばかり」の若武者。「南無八幡大菩薩、別しては我が国の神明、日光の権現《ごんげん》、宇都宮、那須湯泉大明神《ゆぜん》、願はくはあの扇の真中射させたばせ給へ。これを射損ずる程ならば、弓切り折り自害して、人に二度面《ふたたびおもて》を向かふべからず。今一度本国へ向かへんと思《おぼ》し召さば、この矢はづさせ給ふな」と心の中に祈念して、みごと扇を射落とした。

修験道の光明寺を訪ね、修験道の開祖、役行者《えんのぎょうじゃ》を祀る堂に参った。

／夏山に足駄を拝む首途哉／

みちのくの夏の山なみをはるかに仰ぎながら、役行者の高下駄を拝んだ。前途の健脚を祈る祈願。一物仕立て。

なお、『おくのほそ道』には入っていないが、芭蕉は浄坊寺家で次の句を詠んだ。

山も庭にうごきいるゝや夏座敷　芭蕉

／山も庭にうごきいるゝや／夏座敷／

山が庭に動き入る、つまり山を借景にした庭であることと夏座敷の取り合わせの句だが、この夏座敷はとってつけたような感じがする。

この句には別の形も伝わっている。

山も庭もうごき入るゝや夏座敷　芭蕉
／山も庭もうごき入るゝや／夏座敷／

「山も庭に」か「山も庭も」か、一字の違い。どちらも句中の切れがあるが、こちらは山も庭も夏座敷に躍りこんでくるようだという一物仕立ての句。躍動感があって、この方がはるかにいい。

【現代語訳】

黒羽藩館代（城代家老）の浄法寺某の屋敷を訪ねる。来るとは思ってもいなかった主人の喜び、日夜語りつづけ、その弟の桃翠などという人が朝夕訪ねてきて、自宅にも伴い、親戚の家にも招かれて日を経るままに一日郊外を逍遥して犬追物の跡を一見し、那須の篠原を掻き分けて玉藻の前の古塚を訪ねる。

そこから八幡宮に詣でる。那須与一宗高が扇の的を射たとき、とりわけわが生国の氏神の八幡大菩薩よと誓いを立てたのもこの神社でのことですと聞けば、八幡神の力がしきりと感じられる。日暮れて桃翠宅に帰る。

修験道の光明寺という寺がある。そこに招かれて行者堂を拝む。

夏山に足駄を拝む首途哉

夏の山々よ――
役行者の高下駄を拝み
旅の前途を祝福しよう

雲巌寺

当国雲岸寺《うんがんじ》のおくに仏頂和尚山居《ぶつちやうをしやうさんきよ》の跡あり。

竪横《たてよこ》の五尺にたらぬ草の庵《いほ》むすぶもくやし雨なかりせば

と松の炭して岩に書付《かきつけ》侍りと、いつぞや聞《きこ》え給ふ。

其《その》跡みんと雲岸寺に杖を曳《ひけ》ば、人々すゝんで共にいざなひ、若き人おほく道のほど打《うち》さはぎて、おぼえず彼梺《かのふもと》に到る。山はおくあるけしきにて、谷道遥《はるか》に松杉黒く苔《こけ》したゞりて卯月《うづき》の天《てん》今猶《なほ》寒し。十景尽《つく》る所、橋をわたつて山門に入《いる》。

さて、かの跡はいづくのほどにやと後の山によぢのぼれば、石上《せきしやう》の小庵、岩窟《がんくつ》にむすびかけたり。妙禅師《めうぜんじ》の死関、法雲法師の石室をみるがごとし。

木啄《きつつき》も 庵《いほ》は や ぶ ら ず 夏木立《なつこだち》

と、とりあへぬ一句を柱に残侍《のこしはべり》し。

仏頂和尚は芭蕉の参禅の師。常陸《ひたち》の鹿島根本寺《こんぽんじ》二十一世の住職だったが、寺領をめぐる訴訟でしばしば深川の芭蕉庵近くに滞在した。その仏頂和尚が山ごもりした堂が雲巌寺の奥にあるという。芭蕉は仏頂和尚が「竪横の五尺にたらぬ……」という歌を詠んで、岩に書きつけたという話を聞いていた。

妙禅師は中国南宋の禅僧、高峰原妙《こうほうげんみょう》（一二三八―九五）。天目山（浙江省）の張公洞に「死関」と書いた扁額を掲げた。法雲法師は高峰原妙の教えをついだ中峰明本《ちゅうほうみょうほん》（一二六二―一三二三）。天目山にある中峰明本の墓が法雲塔。その墓にちなんで芭蕉は中峰明本を「法雲法師」と呼んだ。

／木　啄　も　庵　は　や　ぶ　ら　ず／夏　木　立／

「木啄も庵はやぶらず」とあたりの幽邃《ゆうすい》な夏木立の取り合わせ。「木啄も庵はやぶらず」は啄木鳥《きつつき》もさすがに仏頂和尚がこもったこの草庵だけは破らなかったというのだ。仏頂和尚への敬意がこめられている。「夏木立」という眼前の景と「木啄も庵はやぶらず」という心の世界を取り合わせた古池型の句。

中峰明本の天目山の草庵を幻住庵《げんじゅうあん》という。高峰原妙、中峰明本の教えは幻住派と呼ばれた。仏頂和尚も幻住派の僧である。『おくのほそ道』の旅を終えた芭蕉は翌元禄三年

（一六九〇年）夏、近江の国分山《こくぶさん》の草庵に入る。その草庵を幻住庵と名づけるのは、この中峰明本の幻住庵にならったもの。

まづ頼む椎の木もあり夏木立　芭蕉
／まづ頼む椎の木もあり／夏木立／

そこで詠んだこの句も「木啄も」の句と同じく下五に夏木立と置いた。一年前、『おくのほそ道』の旅で訪ねた「仏頂和尚山居の跡」の夏木立が面影にあっただろう。句中の切れのある一物仕立て。

【現代語訳】
この国の雲巌寺の奥に仏頂和尚山居の跡がある。
竪横の五尺にたらぬ草の庵むすぶもくやし雨なかりせば
縦横
五尺もない
草の庵を
結ぶのも情けない――

雨さえ降らねばなあ

と松の炭で岩に書きつけましたと、いつぞや言われたことがある。

その跡を見ようと雲巌寺に杖を曳けば、人々進んで互いに誘い、若い人が多く道中さわぎながら、知らぬ間に寺の麓に着く。山は奥深そうな気配で谷の道ははるかに、松杉は黒く、苔は滴って初夏卯月の空は今なお寒い。雲巌寺十景が尽きたところで橋を渡って山門に入る。

さて仏頂和尚山居の跡はどこだろうかと裏山によじ登れば、石上の小庵が岩窟に結びかけてある。妙禅師の死関、法雲法師の石室を見るようだ。

木啄も庵は破らず夏木立

キツツキも

この庵だけは毀さなかった――

鬱蒼たる夏木立よ

と、とりあえず詠んだ一句を柱に残した。

殺生石

是《これ》より殺生石《せつしやうせき》に行《ゆく》。館代より馬にて送らる。此口付《このくちづき》のおのこ、短冊《たんじやく》得させよと乞《こふ》。

やさしき事を望《のぞみ》侍るものかなと、

野を横に馬牽《ひき》むけよほとゝぎす

殺生石は温泉《いでゆ》の出《いづ》る山陰《やまかげ》にあり。石の毒気《どくき》いまだほろびず、蜂、蝶のたぐひ、真砂《まさご》の色の見えぬほどかさなり死す。

玉藻の前に化けた九尾の狐は正体を見破られると、那須へ逃れるが、追っ手に射殺されて殺生石となった。実際は那須岳の噴出した巨岩だが、毒気を発して近寄る生き物の命を奪った。

／野を横に馬牽むけよ／ほとゝぎす／

芭蕉が馬子から求められて贈った一句。「野を横に馬牽むけよ」という馬子への呼びかけと時鳥《ほととぎす》の鳴き声の取り合わせ。

蛙が水に飛びこむ音が古池という心の世界を開く契機となったように、この句では時鳥の声が馬子への呼びかけを引き出す。今年もいよいよ時鳥の鳴く季節になった。さあ、この夏野の原をともにゆこうというのだ。古池型の句である。

「野を横に」は那須の夏野をまっすぐに横切ってという意味だが、まことに斬新。ピカソが正面から見た女性の顔と横顔を一つに描いたように、馬上から眺める夏野と天上から俯瞰する夏野を重ねて一つにした構図。この大胆な切り出しで大夏野の景が一気に広がる。

【現代語訳】
ここから殺生石に行く。館代（城代家老）に馬で送られる。この馬方の男が短冊をくださいとせがむ。風流なことを望むものだなと、

野を横に馬牽むけよほとゝぎす

那須野を横に
馬を引いてくれ——
ホトトギスが鳴いている

殺生石は温泉の湧く山陰にある。石の毒気が今もなくならず、蜂、蝶のたぐい、砂の色が見えないくらいに重なって死んでいる。

遊行柳
又、清水《しみづ》ながるゝの柳は蘆野《あしの》の里にありて田の畔《くろ》に残る。此所《この》の郡守戸部某《こほりなにがし》の此《この》

柳みせばやなど、折〳〵にの給ひ聞え給ふを、いづくのほどにやと思ひしを今日《けふ》此《この》柳のかげにこそ立《たち》より侍《はべり》つれ。

田一枚植《うゑ》て立《たち》去《さ》る柳かな

みちのくの入り口、白河の関を目の前にした蘆野の場面。那須の蘆野にその昔、西行が立寄って歌を詠んだと伝えられる一本の柳がある。

道のべに清水流るゝ柳《やなぎ》かげしばしとてこそ立ちとまりつれ

西行（『新古今集』）

蘆野の柳は歌枕。西行は白河上皇の鳥羽離宮（鳥羽殿）の襖に柳の絵が描かれているのを見てこの歌を詠んだのだが、いつの間にか、那須の蘆野にあるこの柳こそが西行が歌に詠んだ柳ということになった。宮中の竈のことだった「室の八島」が下野の歌枕になったのと似た経緯である。

この柳は「朽木《くちき》の柳」と呼ばれるが、それよりも「遊行柳《ゆぎようやなぎ》」として世に知られているのは、のちに観世小次郎光信が謡曲『遊行柳』にとりあげたからである。諸国行脚中の遊行上人がこのあたりを通りかかると、一人の老人（実は朽木の柳の精）が現れて、先の遊行上人が通った道を教え、この朽木の柳のもとへ連れてゆく。そこで老人はこの柳こそ西行が「道のべに清水流るゝ」と歌に詠んだ柳であることを明かし、上人から十念を授かると、消え失せてしまう。十念とは南無阿弥陀仏の念仏を十回唱えること。不思議に思った上人が念仏を唱えながら夜を明かしていると、朽木の柳の精が夢に現れ、回《え》向《こう》の礼を述べて舞を舞う。

遊行上人とはもともと時宗の開祖、一遍上人（一二三九―八九）のことだが、そののちの時宗の代々の門主たちもそう呼ばれる。時宗は遊行、すなわち行脚を仏道修行の要目に据えたからである。芭蕉たちは『おくのほそ道』の終わり近い敦賀の氣比《けひ》大社で、この遊行をつづける上人たちの幻に出会うだろう。

「郡守戸部某」とは蘆野の領主、蘆野資俊《すけとし》。その通称民部を中国風に戸部といった。その人が以前から「この西行ゆかりの柳をぜひお見せしたい」といっていたが、いったいどこだろうと思っていた。今日はその柳のもとにまるで西行その人のようにこうして立っている。

さて、ここで芭蕉が詠んだ田一枚の句をどう解するか。これがこの章最後の問題である。

この句の姿を見ていると、思い出す一句がある。それは芭蕉が前年の春、故郷伊賀上野で詠んだ桜の歌。

さまぐの事おもひ出す桜かな　芭蕉

この句は桜が「さまぐの事おもひ出す」といっているのではない。桜を眺めていると、芭蕉の胸にさまざまの思い出が去来するのだ。「さまぐの事おもひ出す」と桜の取り合わせ。切れの印／を入れるとこうなる。

／さまぐの事おもひ出す／桜かな／

しかも、桜は眼前の景だが、「さまぐの事おもひ出す」は芭蕉の心の世界。古池型の句である。

田一枚の句はこの桜の句そっくり。桜を柳にしただけのことである。

／田一枚植て立去る／柳かな／

田一枚の句も「田一枚植て立去る」と柳の取り合わせ。柳は眼前の柳だが、「田一枚植て立去る」は芭蕉の心の中のできごと。この句も「さまぐの」の句と同じく、古池型の句である。

芭蕉は時を忘れて柳のかげにたたずむうちに「田一枚植て立去る」人の幻を見たのだ。それは誰か。

早乙女という説がある。しかし、地の文には早乙女はもちろん、田植えの田の字さえ出てこないのに、いきなり早乙女が出てくるのは不自然。芭蕉は白河の関を越えて初めて早乙女を登場させるはずだ。

芭蕉自身という説がある。しかし、芭蕉が田植えをするのは誰がみてもおかしい。そこで、田植えをしたのは早乙女、立ち去ったのは芭蕉という折衷説もある。しかし、この「植て立去る」はひとつづきの言葉であり、主語を別にするのは無理。

柳の精という説もある。しかし、この説は「さま〴〵の」の句を桜がさまざまのことを思い出すと解釈するのと同じだ。

芭蕉が心の中で田植えをしたという説もある。しかし、この地の文からは芭蕉というより別の人の面影が浮かんでくる。

この地の文は「清水ながるゝの柳は」にはじまって「今日柳のかげにこそ立より侍つれ」で終わる。このどちらも西行の歌の借用。西行の歌にはじまって西行の歌で終わっている。

芭蕉はこの地の文の冒頭と末尾に西行の歌を引用して自分の姿を描いている。この印象を抱いたまま、読者は田一枚の句を読む。すると、「田一枚植て立去る」のはまず西行であり、芭蕉でもある。芭蕉はそのつもりでこの地の文を書き、田一枚の句をおいた。次はみちのくの入り口、白河の関ということを思い起こせば、芭蕉は西行と一体となって白河の関を越え、みちのくへ入ろうとしているようだ。

【現代語訳】

また（西行の歌の）清水流るるの柳は蘆野の里にあって田の畦に残る。ここの郡守（領主）戸部某（蘆野資俊、桃酔）が、この柳を見せたいものだなどと折々に話しておられたのを、どこのあたりにあるのかと思っていたが、今日この柳のかげに（西行のように）立ち寄っていることだ。

田 一 枚 植 て 立 去 る 柳 か な

一枚の田を
植えて去る幻を見た――あれは西行それとも私
柳のかげに佇みながら

第五章　歌枕巡礼

——白河の関から平泉まで

歌枕の廃墟

白河の関を越えた芭蕉と曾良は、夢にまで見たみちのくを旅することになる。そもそも『おくのほそ道』の旅はみちのくの歌枕を訪ねる旅だった。みちのくこそ、この旅の目的地である。

歌仙にたとえれば、表六句を無事終えて初折の裏に入ることになる。波乱なく穏やかに巻くことが求められる表六句とちがって、初折の裏は歌仙一巻が前半の佳境を迎えるところ。恋の掛け合いもあれば、月の句も花の句もある。同じように『おくのほそ道』第二部のみちのくの旅（白河の関から平泉まで）は『おくのほそ道』の大きな山場である。

しかし、みちのくの歌枕を見たいという芭蕉の夢がやすやすと叶うわけではない。そこには予想もしない事態が待っていた。芭蕉たちがみちのくで目の当たりにしたのは無惨にも荒れ果てた歌枕の姿だった。二人は行く先々で歌枕の廃墟に出会うことになるだろう。

もともと歌枕は想像力の生み出したもの。歌に詠まれたとおりの歌枕が現実の世界にあるわけではない。どこにあるかわからない歌枕もあれば、初めからどこにも存在しない歌枕もある。夢の中ではたしかに見えたのに、つかもうとすれば消えてしまう幻。歌枕もまたそんな幻に似ている。

しかし、歌枕が幻となって消えてしまうのを、芭蕉は手をこまねいて眺めていたかといえば、そうでもない。手の中から逃げ去ろうとする幻を逃がさないために芭蕉はある秘策をほどこす。それは幻をつかもうとしないこと。つかもうとして逃げられるのなら、あえてつかもうとせず、そっとしておいてやること。みちのくの歌枕にゆかり深い藤原実方の墓のある笠島《かさしま》で、最大の歌枕である松島で、芭蕉はその秘策を使うことになるだろう。

では、みちのくの旅へ。

白河の関

心許《こころもと》なき日かず重《かさな》るまゝに白川の関にかゝりて旅心定《さだま》りぬ。いかで都へと便求《たよりもとめ》しも断《ことわり》也。

中にも此《この》関は三関の一にして風騒《ふうさう》の人、心をとゞむ。秋風を耳に残し、紅葉を俤《おもかげ》にして青葉の梢猶《こずゑなほ》あはれ也。卯《う》の花の白妙に茨《むばら》の花の咲《さき》そひて、雪にもこゆる心地ぞする。古人冠を正し衣装を改し事など、清輔《きよすけ》の筆にもとゞめ置《おか》れしとぞ。

卯の花をかざしに関の晴着かな　曾良

「心許なき日かず重るまゝに、白川の関にかゝりて旅心定りぬ」とは、期待と不安の日々を経て白河の関にたどりつき、やっと旅人の気持ちになれたというのだ。いよいよ歌枕の国、みちのく入りを前にして覚悟を新たにしている。

以下、ここの地の文は白河の関ゆかりの古人の詩文の引用で埋め尽くされる。「此関は三関の一にして」の「三関」は白河の関、勿来《なこそ》の関（福島県いわき市）、鼠《ねず》ヶ関《せき》（山形県鶴岡市温海《あつみ》町）の三つをさす。

白河の関は歌枕。ここに引用されている歌をあげておこう。

たよりあらばいかで宮こへ告げやらむ今日白河の関は越えぬと　平兼盛（『拾遺集』）

都をば霞とともに立ちしかど秋風ぞ吹く白河の関　能因（『後拾遺集』）

みやこにはまだ青葉にて見しかどももみぢちりしく白河の関　源頼政（『千載集』）

見ですぐる人しなければ卯花の咲けるかきねやしらかはのせき　藤原季通《すえみち》（『千載集』）

東路も年も末にや成ぬらん雪降りにけり白河の関　印性（『千載集』）

「古人冠を正し衣装を改し事」は藤原清輔の歌学書『袋草紙《ふくろぞうし》』にある。

竹田太夫国行ト云者、陸奥ニ下向之時、白川関スグル日ハ、殊ニ装束ヒキツクロヒ、ムカフト、云《イフ》々。人問云《トヒテイハク》、何等故哉《ナンラノユヱゾヤ》。答云、古曾部入道ノ、秋風ゾフク白河関、ト読《ヨマ》レタル所ヲバ、イカデカケナリニテハ過《スギント》、云々。殊勝事歟《シユシヤウノコトカ》。藤原清輔（『袋草紙』）

「古曾部入道」とは能因、「秋風ゾフク白河関」とは「都をば」の歌。「ケナリ」は褻《け》のなり、つまりふだん着。

このとおり、白河の関越えの場面は古歌、古文の引用尽くし。ところが、白河の関にもっともゆかり深いと思われる西行の歌はまったく触れられない。白河の関の一つ前の蘆野の場面では、初めから終わりまで西行の歌を引いていたことを思えば、肝心の関越えの場面で一言も触れないのは不思議といえば不思議なことだ。

それには理由がある。蘆野の場面で芭蕉は西行と一体となって白河の関へ向かった。そこで、この関越えの場面で西行の歌を引用すれば、せっかく芭蕉は西行となって関を越えようとしているのに、「書く芭蕉」と「書かれる西行」、主客が分かれてしまうことになる。そこで芭蕉はこの白河の関の場面では西行には触れず、そっとしておいた。

／卯の花をかざしに関の晴着かな／

古人は衣装を改めて白河の関を越えたというが、改めるべき衣装などないわれわれはせめて関所の卯の花を髪に挿し、晴れ着の代わりにして関を越えよう。この曾良の句、またも一物仕立て。『おくのほそ道』の曾良の句はほとんどが一物仕立てである。

白河の関で芭蕉の詠んだ句は何か。次の須賀川の場面で明らかになる。一行はここからしばらく磐城（福島県東部）と岩代（福島県西部）の間を縫うように進んでゆく。

【現代語訳】

心もとない日数重なるままに白河の関にたどり着いて旅心が定まった。（平兼盛が）関を越えたことをどうにか都に伝えたいと伝手を求めたのももっともなことだ。数々の関の中でもこの関は三関の一つで詩人たちは思いを書き残している。（能因の歌の）秋風の音を耳に残し、（源頼政の歌の）紅葉の面影を重ねれば、青葉の梢もいちだんと感慨深い。卯の花の白妙に野茨の花が咲き添って、雪に越える心地がする。古人が冠を正し衣装をあらためたことなど、藤原清輔の本にも書き留めてあるとか。

卯の花をかざしに関の晴着かな　曾良

卯の花を
髪に挿して白河の関を越える
晴れ着にしよう

須賀川（等窮）

とかくして越行《こえゆく》まゝに、あふくま川を渡る。左に会津根《あひづね》高く、右に岩城《いはき》、相馬《さうま》、三春《はる》の庄《しやう》、常陸、下野の地をさかひて山つらなる。かげ沼と云《いふ》所を行《ゆく》に今日は空曇《くもり》て物影うつらず。

すか川の駅に等窮といふものを尋《たづね》て四五日とゞめらる。先《まづ》、白河の関いかにこえつるにやと問《とふ》。長途のくるしみ、身心つかれ、且《かつ》は風景に魂うばゝれ、懐旧に腸《はらわた》を断《たち》て、はかぐ〵しう思ひめぐらさず、

風流の初《はじめ》やおくの田《た》植《うゑ》うた

無下《むげ》にこえんもさすがにと語れば、脇《わき》、第三とつゞけて三巻《みまき》となしぬ。

影沼は遠くから眺めれば沼のように見え、近づけば消えてしまう、武蔵野の名物として知られた逃げ水のようなものだろう。

芭蕉たちは須賀川の駅長（宿駅の長）で俳人でもある等躬《とうきゅう》（窮）のもとに滞在した。主の問いに答えて芭蕉は白河の関越えの句を披露する。

／風流の初や／おくの田植うた／

これが芭蕉のみちのくでの第一句。みちのくのひなびた田植歌を聞いていると、風流の初めが思われる。詩歌管弦、さまざまな風流の源はこの田植だったか。「おくの田植うた」と「風流の初や」の取り合わせ。古池の句が蛙が水に飛びこむ音を聞いて古池という心の世界を開いたように、「おくの田植うた」という音によって「風流の初や」という心の世界を開いた句である。

「脇、第三とつゞけて、三巻となしぬ」とあるが、巻いたのは歌仙一巻。初めの部分を引いておこう。

風流の初やおくの田植歌　芭蕉
覆盆子《いちご》を折《をり》て我《わが》まうけ草　等躬
水せきて昼寝の石やなほすらん　曾良

等躬の脇、みちのくの片田舎、これといったものもないので野原の苺を摘んで、おもてなししたい。曾良の第三、「石に枕し、流れに漱《すす》ぐ」という悠々自適の境涯、今、水の流れをせきとめて、昼寝の枕の石のすわり具合を直しておられるようですね。

【現代語訳】

とかくして白河の関を越えてゆくままに阿武隈川を渡る。左に会津の磐梯山高く、右に岩城、相馬、三春の庄が見え、常陸や下野を隔てて山が連なる。影沼というところをゆくと、今日は空が曇って物影は映らない。

須賀川の宿場に等窮（等躬）という者を訪ねて四、五日留められる。白河の関をどんなふう越えたかと問う。長旅の苦しみに身も心も疲れ、また風景に魂を奪われ、懐旧に腸も千切れて、はかばかしく句を思い巡らさず、

風流の初やおくの田植うた

風流の
初めに違いない――みちのくの
田植え歌は

何も詠まず白河の関を越えるのもさすがにと語ると、この句に脇、第三とつゞけて歌仙を三巻巻いた。

須賀川（軒の栗）

此宿《このしゆく》の傍《かたはら》に大きなる栗の木陰をたのみて世をいとふ僧有。橡《とち》ひろふ太山《みやま》もかくやと間《しづか》に覚《おぼえ》られて、ものに書付《かきつけ》侍る、其詞《そのことば》、

栗といふ文字は西の木と書《かき》て西方浄土《さいはうじやうど》に便《たより》ありと、行基菩薩《ぎやうぎぼさつ》の一生杖《つゑ》にも柱にも此《この》木を用《もちゐ》給ふとかや。

世の人の見《み》付《つけ》ぬ花や軒《のき》の栗

栗の木陰に住む隠者の話。「橡ひろふ太山」は西行の歌を踏まえる。太山は深山のこと。

山ふかみ岩に垂《しだ》るゝ水溜めんかつ〴〵落つる橡《とち》拾ふ程　西行（『山家集』）

行基（六六八—七四九）は奈良時代の僧。東大寺大仏鋳造の資金を調達するため諸国

を勧進《かんじん》して歩いた。のちに大僧正の位を贈られ、行基菩薩と仰がれた。

／世の人の見付ぬ花や／軒の栗／

軒端に咲く栗の花を世間の人々は見向きもしないが、なかなかいいもの。句中の切れのある一物仕立て。

【現代語訳】

この宿場のかたわらに大きな栗の木陰を頼んで世を厭う僧がいる。（西行が）橡の実を拾ったという深山の日々もこんなだったかと、閑かに思われてものに書きつける、その言葉は、

栗という文字は
西の木と書いて
西方浄土にゆかりがあると
行基菩薩は一生
杖にも柱にも
この木を使われたとか

世の人の見付ぬ花や軒の栗

世間の人の気づかない
栗の花――
この軒に隠れ住むあなたは

浅香山

等窮が宅を出《いで》て五里計《ばかり》、檜皮《ひはだ》の宿を離れて、あさか山有。路より近し。此《この》あたり沼多し。かつみ刈比《かるころ》もやゝ近うなれば、いづれの草を花がつみとは云《いふ》ぞと人々に尋《たづね》侍れども更知人《さらにしるひと》なし。沼を尋《たづね》、人にとひ、かつみ〳〵と尋ありきて日は山の端《は》にかゝりぬ。二本松《にほんまつ》より右にきれて黒塚《くろづか》の岩屋一見し、福島に泊る。

浅香山も浅香沼も歌枕。

陸奥《みちのく》の安積《あさか》の沼の花かつみかつ見る人に恋ひやわたらむ

よみ人しらず（『古今集』）

このよみ人しらずの一首によって浅香沼は末永くかつみの花と結ばれることになった。吉野といえば桜、難波《なにわ》といえば蘆《あし》というのと同じである。

もうすぐ端午の節句なので、芭蕉はどの草がかつみか、歌枕の浅香沼はどこにあるか、土地の人々に尋ねたけれども誰も知らない。

芭蕉のここの記述は陸奥守として下った藤原実方の故事を踏まえている。五月五日の端午の節句に都では菖蒲を軒に葺《ふ》くならわし。ところが、この辺の家々がみな菰《こも》を葺いているのを見て実方がわけを尋ねると、この国には菖蒲がないという。そこで実方は安積沼のかつみを刈って葺かせた。実方が陸奥守となったいきさつはのちほど。

黒塚は安達が原の鬼の岩屋で歌枕。安達が原は安達太良山《あだたらやま》の麓に広がる野原。

陸奥《みちのく》の安達の原の黒塚に鬼こもれりと聞くはまことか　　平兼盛（『拾遺集』）

【現代語訳】

等窮（等躬）の家を出て五里ばかり、檜皮の宿場を離れると浅香山がある。道から近い。このあたりは沼が多い。（藤原実方が菖蒲の代わりに刈らせた）かつみを刈るころ（端午の節句）も間近なので、どの草を花かつみというのかと人々に尋ねてみるけれど、いっこうに知る人はいない。沼を尋ね、人に問い、かつみかつみと尋ね回って日は山の端にかかった。二本松から右に切れて（鬼女が住むという安達が原の）黒塚の岩屋を一見し、福島に泊まる。

信夫の里

あくれば、しのぶもぢ摺の石を尋《たづね》て忍ぶのさとに行《ゆく》。遥山陰《はるかやまかげ》の小里に石半土《なかば》に埋《うづもれ》てあり。里の童部《わらべ》の来《きた》りて教《をしへ》ける、昔は此《この》山の上に侍《はべり》しを、往来《ゆきき》の人の麦草《むぎくさ》を荒らして此石を試《こころみ》侍《はべる》をにくみて此谷につき落《おと》せば、石の面下《おもてした》ざまにふしたりと云《いふ》。さもあるべき事にや。

早苗《さなへ》とる手もとや昔しのぶ摺《ずり》

信夫は文字摺りという染めで古くから知られる歌枕。石に模様を彫り、そこに布を当ててその上から草で叩く。すると、草の汁で布に模様が染まる。

陸奥《みちのく》のしのぶもぢずり誰ゆゑにみだれむとおもふ我ならなくに

源　融《みなもとのとほる》（『古今集』）

芭蕉たちはここでも忘却の彼方へと消え去ろうとする歌枕と出会う。文字摺りに用いたと伝えられる文字摺石は半ば土に埋もれていた。そのわけを土地の子どもに尋ねると、昔はこの山の上にあったが、旅人が麦の葉を引き抜いて摺ってみたりする。困った村人たちが谷に突き落としたら、模様の面が下になってしまったという。

／早苗とる手もとや／昔しのぶ摺／

田植えをする早乙女たちの手もとをみていると、昔、しのぶ摺りをした乙女たちの手もとがしのばれる。「早苗とる手もとや」（眼前の景）と「昔しのぶ摺」（心の世界）の取り合わせ。古池型の句である。

この句、芭蕉が白河の関で詠んだ「風流の初や」の句と好一対をなしている。片や音（田植うた）、片や姿（しのぶ摺）を詠みながら、どちらもみちのくのいにしえをしのぶ。この一対の句が失われた歌枕の国の門柱のように並んで立っている。その間を通って芭蕉たちはみちのくへと進んでゆく。

【現代語訳】

夜が明けたので、しのぶ文字摺りの石を尋ねて信夫の里に行く。はるかな山陰の小里に、石は半ば土に埋もれてある。里の子どもが来て教えるには、昔はこの山の上にあったのを、往来の人が麦を荒らして、この石を試すのを憎んでこの谷に突き落としたので石の表を下に伏しているという。そんなことがあっていいものか。

早苗とる手もとや昔しのぶ摺

田を植える
女の手もとよ——昔は
しのぶ摺りだったか

飯塚の里（佐藤庄司）

月の輪のわたしを越《こえ》て瀬《せ》の上《うへ》と云《いふ》宿に出《い》づ。佐藤庄司《しやうじ》が旧跡は、左の山際一里半計《ばかり》に有。飯塚《いひづか》の里鯖野《さばの》と聞《きき》て尋《たづね》〳〵行《ゆく》に丸山と云《いふ》に尋あたる。是《これ》、庄司が旧館也。梺《ふもと》に大手の跡など人の教ゆるにまかせて泪《なみだ》を落《おと》し、又かたはらの古寺に一家《いつけ》の石碑を残す。中にも二人の嫁がしるし、先哀《まづあはれ》也。女なれどもかひ〴〵しき名の世に聞《きこ》えつる物かなと袂《たもと》をぬらしぬ。墜《だ》（堕）涙《るい》の石碑も遠きにあらず。寺に入《いり》て茶を乞《こ》へば爰《ここ》に義経《よしつね》の太刀《たち》、弁慶が笈《おひ》をとゞめて什物《じふもつ》とす。

笈も太刀も五月《さつき》にかざれ帋幟《かみのぼり》

五月朔日《ついたち》の事にや。

佐藤庄司とは義経をかくまった奥州藤原氏、秀衡《ひでひら》の郎党で信夫、伊達の庄司（荘園の管理者）だった佐藤元治《もとはる》。その子の継信《つぐのぶ》、忠信《ただのぶ》兄弟は源義経の家来となり、兄の継信は屋島の合戦で討死。弟の忠信は吉野山で義経一行と別れ、京に潜伏中、追手に襲われて自害して果てた。

歌舞伎「義経千本桜」四段目、川連法眼館《かわつらほうげんやかた》の段は、初音の鼓の皮にされた親狐を慕う子狐が佐藤忠信に化け、鼓を預かる静御前を守るという筋立てである。

飯塚の前段はこの佐藤一族の館跡を訪ねるところ。月の輪の渡しは阿武隈川《あぶくまがわ》の渡し場。渡ったところが瀬の上。館の跡は鯖野にあると聞いていたが、丸山にあった。「かたはらの古寺」は佐藤氏の菩提寺、医王寺。

「二人の嫁」とあるのは継信、忠信兄弟の嫁。兄弟が討死したあと、わが子の帰還を待ちわびる年老いた母親のために夫の甲冑を着け、兄弟の面影を見せた。

堕涙の石碑（墜涙の石碑）は中国の故事から。晋の時代の羊祜《ようこ》という人は徳のある人で、死後、建てられた碑は涙なしには読めなかった。「遠きにあらず」とは、古代中国までゆかなくてもここにある。

／笈も太刀も五月にかざれ／帋幟／

端午の節句を祝う紙の幟が風にはためいている。この寺の弁慶の笈も義経の太刀も節句の飾りにしたい。「帋幟」（眼前の景）と「笈も太刀も五月にかざれ」（心の世界）の取り合わせ。帋幟の風にはためく音で心の世界が開けた。古池型の句。

【現代語訳】

月の輪の渡しを越えて瀬の上という宿場に出た。佐藤庄司の旧跡は左の山際一里半ばかりにある。飯塚の里鯖野と聞いて尋ね尋ねてゆくと、丸山というところに尋ねあてる。これが庄司の旧館である。

麓に大手門の跡があるなどと人が教えるに任せて涙を落とし、またかたわらの古寺に一家の墓碑を残す。なかでも二人の嫁の墓石がまず心を打つ。女ながら甲斐甲斐しい名が世に聞こえたものだと袂を濡らした。（中国晋の）堕涙の石碑も遠くにあるのではない。

寺に入ってお茶を所望すると、ここに義経の太刀、弁慶の笈を今に留めて寺宝にしている。

笈も太刀も五月にかざれ帋幟

義経の太刀も弁慶の笈も
五月の節句に飾ろう——
紙の幟を翻して

五月一日のことだったか。

飯塚の里（貧家の一夜）

其《その》夜、飯塚にとまる。温泉《いでゆ》あれば湯に入《いり》て宿をかるに、土坐に莚《むしろ》を敷《しき》て、あやしき貧家也。灯《ともしび》もなければ、ゐろりの火かげに寐床《ねどころ》をまうけて臥《ふ》す。夜に入《いり》て雷鳴《かみなり》雨しきりに降《ふり》て臥《ふせ》る上よりもり、蚤《のみ》、蚊にせゝられて眠らず。持病さへおこりて消入計《きえいるばかり》になん。

短夜《みじかよ》の空もやう〳〵明《あく》れば又旅立《たびだち》ぬ。猶《なほ》夜の余波《なごり》心すゝまず。馬かりて桑折《こをり》の駅に出《いづ》る。遥《はるか》なる行末《ゆくすゑ》をかゝえて斯《かか》る病覚束《おぼつか》なしといへど、羇旅辺土《きりよへんど》の行脚《あんぎや》、捨身無常《しやしんむじやう》の観念、道路にしなん、是《これ》天の命《めい》なりと気力聊《いささか》とり直し、路縦横《みちじゆうわう》に踏《ふん》で伊達《だて》の大木戸をこす。

前段は飯塚の一夜。

後段、「羇旅辺土の行脚、捨身無常の観念、道路にしなん、是天の命なり」とあるのは、行き倒れこそ天命というのだ。

伊達の大木戸は義経を狙う鎌倉軍を迎え撃とうとした藤原泰衡《やすひら》軍が敗れたところ。佐藤元治はここで討死したともいう。芭蕉たちはここからいよいよみちのくの懐の中へと入ってゆく。

【現代語訳】

その夜、飯塚に泊まる。温泉があるので湯に入って宿を借りると、土間に筵を敷いた怪しい貧家である。灯火もないので囲炉裏の火かげに寝床を敷いて臥す。夜に入って雷が轟き雨がしきりに降って臥している上から漏り、蚤や蚊にあちこち刺されて眠らない。持病さえ起こって消え入るばかりだった。

短夜の空もやっとのことで明けたので、また旅立った。なお昨夜のことが尾を引いて心が前へ進まない。馬を借りて桑折の宿場に出る。はるかな行く末を抱えて、こんな病は覚束ないが、辺境の旅、捨身の覚悟（羇旅辺土の行脚、捨身無常の観念）、道で死ぬのもこれ天命であると気力をいささかとり直し、道を縦横に踏んで伊達の大木戸を越える。

笠島

鐙摺《あぶみずり》、白石《しろいし》の城を過《すぎ》、笠島《かさしま》の郡《こほり》に入れば藤中将実方の塚はいづくのほどならんと人にとへば、是《これ》より遥《はるか》右に見ゆる山際の里を、みのわ、笠島と云《いひ》、道祖神の社《やしろ》、かた見の薄《すすき》今にありと教ゆ。此比《このごろ》の五月雨《さみだれ》に道いとあしく身つかれ侍れば、よそながら眺《ながめ》やりて過《すぐ》るに簑輪、笠島も五月雨の折にふれたりと、

笠島はいづこさ月のぬかり道

藤原実方（？―九九九）は平安時代中期の歌人。歌がうまくて女にもてた。百年前の在原業平（八二五―八八〇）の再来を思わせるが、業平とちがって喧嘩っ早かった。それがあだになる。

あるとき、藤原行成《ゆきなり》（九七二―一〇二八、三蹟の一人）と宮中で口論し、行成の冠を奪って庭に投げ捨てた。それを見咎めた帝の「歌枕見て参れ」の一言で陸奥守に左遷される。任地の陸奥では不遜にも笠島の道祖神の前を馬に乗ったまま通ったため、道祖神の怒りを買い、馬もろとも殺害される。

芭蕉はこの実方の墓を探した。実方はみちのくと歌枕の両方にゆかり深い、みちのくの歌枕の守護神ともいうべき人物。歌枕巡礼の旅にある芭蕉としては当然、その墓に詣

でなくてはならない。
「かた見の薄」とあるのは、西行が歌に詠んだ実方の墓に生えていた薄。

朽ちもせぬその名ばかりを留め置て枯野の薄形見にぞ見る　　西行（『山家集』）

ところが、芭蕉は梅雨時の悪路を理由にして実方の墓には参らず、通りすぎてしまう。「よそながら眺やりて過る」とは、それらしい塚を遠くに眺めただけで参らずに通り過ぎたというのだ。

みちのくの歌枕にゆかりの実方の墓なら参るのは当然と誰もが思う。そこで、期待どおりに実方の墓に参れば、あまりにも首尾一貫してしまう。まるで旅行案内。そこで芭蕉は実方の墓に参らず、読者の期待をかわしてしまう。その結果、想像の世界が現実によって打ち砕かれることなく、実方も実方の墓も読者の想像力の中で生きることになった。

「簑輪、笠島も五月雨の折にふれたり」とは、簑輪も笠島も雨にゆかりの地名（蓑と笠）、五月雨の季節にここを通るのも何かの縁というのだ。

／笠島はいづこ／さ月のぬかり道／

「さ月のぬかり道」（現実）と「笠島はいづこ」（心の世界）の取り合わせ。古池型の句である。

芭蕉は笠島で試みたこの「焦点はずし」を、松島でさらに大胆にやってみせることになる。

なお須賀川では阿武隈川の石河《いしご》の滝を見に行こうしたが、五月雨の増水で渡れないといわれて行かなかったとして次の句を残した。

五月雨は滝降うづむみかさ哉

「曾良随行日記」を読めば、その後ここを訪ねている。

【現代語訳】

鐙摺、白石の城を過ぎ、笠島の郡に入ったので藤原中将実方の墓はどのあたりだろうかと人に問うと、ここからはるか右に見える山ぎわの里を蓑輪、笠島といい、道祖神の社や形見、薄が今もあると教える。このごろの五月雨で道がたいへん悪く、体も疲れたのでよそながら眺めやって過ぎるにつけ、蓑輪、笠島とは五月雨の季節にうま

く合ったものだと、

笠島はいづこさ月のぬかり道

実方の眠る笠島は
どこにあるのか——五月雨の
ぬかるむ道がつづく

武隈の松

岩沼　宿《いはぬまにしゆくす》

武隈《たけくま》の松にこそ、め覚《さむ》る心地はすれ。根は土際《つちぎは》より二木《ふたき》にわかれて昔の姿うしなはずとしらる。先《まづ》、能因法師思ひ出《いづ》。往昔《そのかみ》むつのかみにて下りし人、此《この》木を伐《きり》て名《な》取川《とりがは》の橋杭《はしぐひ》にせられたる事などあればにや、松は此たび跡もなしとは詠《よみ》たり。代々《よよ》あるは伐《きり》、あるひは植継《うゑつぎ》などせしと聞《きく》に、今将《はた》、千歳《ちとせ》のかたちとゝのひて、めでたき松のけしきになん侍《はべり》し。

武隈の松みせ申せ遅《おそ》桜《ざくら》

と挙白と云《いふ》ものゝ餞別したりければ、

桜より松は二木《ふたき》を三月越シ

武隈の松は歌枕。この松の特徴の一つは根もとから二木に分かれていること。もう一つは、いくたびか枯れ、そのたびに植え継がれてきたこと。このどちらもこの松をめでたいものにしている。

「松は此たび跡もなし」は能因の歌の引用。

武隈の松はこのたびあともなし千歳《ちとせ》をへてやわれは来つらん　能因（『後拾遺集』）

武隈の松に来たのはこれで二度目だが、今回は跡形もなく枯れてしまっている。あれから千年もたってしまったかのようだ。「むつのかみにて下りし人」は藤原孝義。武隈の松を伐って、名取川の橋杭にしたという。

挙白《きよはく》は江戸の商人で芭蕉の門弟。

／武　隈　の　松　み　せ　申　せ／遅　桜／

先生が武隈の松を訪れるのは、ちょうどみちのくの遅桜のころ。たびたび枯れて、あの能因も二度目は見ることができなかった武隈の松を、遅桜よ、きっとご覧に入れてくれ。「遅桜」はみちのくの遅桜への呼びかけ。「遅桜よ、武隈の松みせ申せ」から「遅桜」を切り出し、最後に置いた。句中の切れのある一物仕立て。

しかし、芭蕉たちがここを訪れたのは遅桜もとうに散り果てた梅雨のころだった。次はこのはなむけの句に対する芭蕉の返答。

／桜より松は二木を三月越シ／

挙白よ、君が見送ってくれてから三か月たって、君の薦めてくれた二木に分かれた武隈の松をこの目で見ることができた。桜はともかく、この松はみごとだ。一物仕立て。

武隈の松は二木《ふたき》をみやこ人いかゞと問はばみきとこたへむ
橘《たちばなの》　季通《すえみち》（『後拾遺集』）

武隈の松は二木に分かれていたので、しばしばこの歌のように二木、三木（見き）と掛けて歌に詠まれた。芭蕉の句の「三月」（みつき）は「見つ」の掛詞。二木を桜の花から三月越しに見たというのだ。

【現代語訳】

岩沼に宿す

武隈の松には目の覚める思いをした。根は土際から二木に分かれて昔の姿を失っていないとわかる。まず能因法師を思い出す。その昔、陸奥の守として下った人（藤原孝義）がこの木を伐って名取川の橋杭にされたことなどあったからか、松はこのたび跡もなしと詠んだ。代々あるときは伐り、あるときは植え継ぎなどしたと聞くが、今なお千歳のかたちがととのって、めでたい松の景色ではあった。

武隈の松みせ申せ遅桜

武隈の松を
見せてあげてくれ――
遅桜よ

と挙白という人が餞別の句を贈ってくれたので、

桜より松は二木を三月越シ

桜から三月
松は昔のまま
二木に分れていた

宮城野

名取川を渡《わたつ》て仙台に入《いる》。あやめふく日也。旅宿をもとめて四五日逗留《とうりう》す。爰《ここ》に画工加右衛門と云《いふ》ものあり。聊《いささか》心ある者と聞《きき》て知る人になる。この者、年比《としごろ》さだかならぬ名どころを考《かんがへ》置《おき》侍ればとて一日《ひとひ》案内す。

宮城野《みやぎの》の萩茂りあひて秋の気色おもひやらる。玉田、よこ野、つゝじが岡はあせび咲《さく》ころ也。日影ももらぬ松の林に入《いり》て爰《ここ》を木《き》の下《した》と云《いふ》とぞ。昔もかく露ふかければこそ、みさぶらひみかさとはよみたれ。薬師堂、天神の御社《みやしろ》など拝《をがみ》て其《その》日はくれぬ。猶《なほ》、松島、塩がまの所々、画《ゑ》に書《かき》て送る。且《かつ》、紺の染緒《そめを》つけたる草鞋《わらぢ》二足餞《はなむけ》す。さればこそ風流のしれもの、爰に至りて其実《そのまこと》を顕《あらは》す。

あやめ艸《ぐさ》足に結《むすば》ん草鞋の緒

かの画図《ゑづ》にまかせてたどり行《ゆけ》ば、おくの細道の山際に十符《とふ》の菅《すげ》有。今も年々十符の菅菰《すがごも》を調《ととのへ》て国守に献ずと云《いへ》り。

仙台では画工の加右衛門（北野加右衛門、加之）と知り合いになった。その人が「さだかならぬ名どころ」、どこにあるか定かでない歌枕の場所を調べておきましたのでと方々、案内してくれた。
宮城野は萩の歌枕。芭蕉たちが訪ねたのは夏のうち。

宮木野のもとあらの小萩《こはぎ》つゆをおもみ風をまつごと君をこそまて
よみ人しらず（『古今集』）

「もとあら」は根もとの葉がすでに散って、まばらになっている状態。木の下も歌枕。次の歌の「木の下」がいつしか土地の名になった。

御さぶらひ御笠《みかさ》と申せ宮木野の木《こ》の下露は雨にまされり
東歌（『古今集』）

「みさぶらひみかさ」はこの東歌による。お供の人よ、笠をお召しくださいと申し上げよ、というのだ。
玉田、横野、つつじが岡は馬酔木《あしび》の歌枕。

とりつなげ玉田横野のはなれ駒つゝじの岡にあせみ咲くなり
源俊頼（『散木奇歌集』）

加右衛門は餞に「紺の染緒つけたる草鞋」を二足贈った。「風流のしれもの」とは風狂の人、「其実を顕す」とは本領を発揮した。

／あやめ艸足に結ん／草鞋の緒／

「草鞋の緒」とは加右衛門から贈られた草鞋の紺の緒、それを菖蒲（あやめ草）に見立てる。ちょうど端午の節句のころ、この菖蒲の葉を思わせる紺の緒を足に結んで旅立とうというのだ。「草鞋の緒」（現実）と「あやめ艸足に結ん」（心の世界）の取り合わせ。古池型の句。

「十苻の菅」は歌枕。苻（符、編）は編み目。「十苻の菅菰」といえば、編み目が十もある広い菅の莚《むしろ》。

みちのくの十《と》ふの菅菰七《なな》ふには君を寝させて三《み》ふに我寝む　源俊頼（『俊頼髄脳』）

みちのくで編まれる「十ふの菅菰」の七ふにあなたを寝せ、私は三ふに添い寝したい。「十苻の菅」はその莚を編む長い菅のこと。やがてその莚を産する土地の名となった。

このあたりに「おくの細道」と呼ばれる道があった。

【現代語訳】

名取川を渡って仙台に入る。菖蒲を葺く日（五月四日）である。旅宿を求めて四、五日逗留する。ここに画工の加右衛門という者がいる。いささか俳諧の心ある者と聞いて知り合いになる。この者、長い歳月のうちにわからなくなった歌枕の見当をつけておきましたのでといって一日案内する。

宮城野の萩は茂りあって秋の景色が思い浮かぶ。玉田、横野、つつじが岡は馬酔花の咲くころである。日の光も漏らさぬ松林に入って、ここを歌に詠まれた木の下というとか。昔もこう露が深かったからこそ、みさぶらいみかさと詠んだのだろう。薬師堂、天神の神社を拝んでその日は暮れた。

さらに（加右衛門は）松島、塩竈の所々を絵に描いて贈る。かつ紺の染緒をつけた草鞋二足を餞けにする。だからこそ風流の痴れ者、ここにその本領を顕す。

あやめ艸足に結ん草鞋の緒

あやめ草に代えて
足に結ぼう——
この草鞋の緒を

その絵図を頼りにたどってゆくと、奥の細道の山際に十符の菅の集落がある。今も年々十符の菅菰をととのえて仙台藩主に献上するという。

壺の碑

壺碑《つぼのいしぶみ》　市川村多賀城に有。

つぼの石ぶみは高サ六尺余《あまり》、横三尺計歟《ばかりか》。苔《こけ》を穿《うがち》て文字幽《かすか》也。四維国界之数里《しゆゐこくかいのすうり》をしるす。此《この》城、神亀《じんき》元年、按察使《あぜつし》鎮守苻《ちんじゆふ》将軍大野朝臣東人之所里《おほののあそんあづまうとのおくところ》(置)也。天平宝字六年、参議東海東山《とうせん》節度使　同《おなじく》将軍恵美朝臣《ゑみのあそん》(朝)獦《あさかり》修造《しゆざう》而(也)。十二月朔日《ついたち》と有。聖武皇帝の御時《おほんとき》に当《あた》れり。

むかしよりよみ置《おけ》る哥枕《うたまくら》おほく語《かたり》伝ふといへども、山崩《やまくづれ》、川流《ながれ》て、道あらたまり、石は埋《うづもれ》て土にかくれ、木は老《おい》て若木《わかき》にかはれば、時移り代《よ》変じて其《その》跡たしかならぬ事のみを、爰《ここ》に至りて疑《うたがひ》なき千歳《せんざい》の記念《かたみ》、今眼前に古人の心を閲《えつ》す。行脚の一徳、存命の悦び、羇旅《きりよ》の労をわすれて泪《なみだ》も落《おつ》るばかり也。

壺の碑は古来、みちのくのどこかにあると伝えられる歌枕。どこにあるかわからない幻の碑である。

陸奥《むつのく》の奥ゆかしくぞおもほゆる壺の碑そとの浜風　西行（『山家集』）

西行の歌は、みちのく（むつのく）には壺の碑や外の浜風といういずことも知れぬ土地があるからだろう、こんなにゆかしく思われるのはというのだ。

芭蕉がここで「壺碑」と呼んでいるのは、この幻の壺の碑ではなく、多賀城《たがじょう》碑。江戸時代の初めに発掘され、これがあの壺の碑と信じられた。

「四維国界之数里をしるす」とは、四方の国からの距離が書いてある。碑文にある神亀元年は七二四年、聖武天皇即位の年。大野東人は多賀城を置いた将軍。天平宝字六年は七六二年、淳仁天皇の五年。恵美朝臣獦（恵美朝臣朝獦）は藤原仲麻呂（恵美押勝《えみのおしかつ》）の子で陸奥守。「修造而」は「修造也」の誤り。

勘違いにもとづくとはいえ、ここで芭蕉が書きとめたみちのくの歌枕についての嘆きには耳を傾けておきたい。「むかしよりよみ置る哥枕おほく語伝ふといへども、山崩、川流て、道あらたまり、石は埋て土にかくれ、木は老て若木にかはれば、時移り、代変じて、其跡たしかならぬ事のみ」。山は崩れ、川は流れ、道は改まり、石は土に埋もれ、老木は若木に変わり、時は移り、時代は変わって、その跡さえはっきりしないものばかり。

歌枕はことごとく荒れ果てた廃墟となっていた。もともと人間の想像力が生み出した幻。近づけば逃げ水のように消えてしまうものなのである。そのなかで芭蕉が「疑なき千歳の記念、今眼前に古人の心を閲す」と歓喜した「壺碑」でさえ、ほんとうの壺の碑ではなかった。

【現代語訳】

壺の碑　市川村多賀城にある。

壺の碑は高さ六尺あまり、横三尺ばかりか。苔が窪んで文字が幽かである。四方の国境までの里数を記す。この城は神亀元年、按察使鎮守府将軍、大野朝臣東人が置いたものである。天平宝字六年、参議東海東山節度使同将軍、恵美朝臣朝獦《あさかり》が修造する。十二月一日とある。聖武天皇の時代にあたる。

昔から和歌に詠みおかれた歌枕は数多く語り伝えるとはいうものの、山は崩れ、川は流れて、道は改まり、石は埋れて土に隠れ、木は老いて若木に代わったために、時が移り、時代が変わってその跡が確かでないものばかりなのに、この壺の碑に至って疑いなき千歳の形見、今眼前に昔の人々の心を見る。行脚の一徳、存命の悦びと、旅の苦労も忘れて涙が落ちるばかりである。

末の松山、塩竈の浦

それより野田の玉川、沖の石を尋ぬ。末の松山は寺を造《つくり》て末松山《まつしようざん》といふ。松のあひ〱皆墓はらにて、はねをかはし枝をつらぬる契《ちぎり》の末も終《つひに》はかくのごときと悲しさも増《まさ》りて、塩がまの浦に入相《いりあひ》のかねを聞《きく》。五月雨の空聊《いささか》はれて、夕月夜《ゆふづくよ》幽《かすか》に籬《まがき》が島もほど近し。蜑《あま》の小舟《をぶね》こぎつれて肴《さかな》わかつ声〲に、つなでかなしもとよみけん心もしられて、いとゞ哀《あはれ》也。

其《その》夜、目盲《めくら》法師の琵琶をならして奥上るりと云《いふ》ものをかたる。平家にもあらず舞《まひ》にもあらず、ひなびたる調子うち上《あげ》て枕ちかうかしましけれど、さすがに辺国の遺風忘れざるものから殊勝に覚《おぼえ》らる。

芭蕉たちの歌枕巡礼はつづく。末の松山は松の歌枕。

きみをおきてあだし心をわが持たば末の松山浪《なみ》もこえなん　東歌（『古今集』）

君のほかに好きな人ができたら、あの末の松山を海の波が越えるだろう。末の松山を波が越えるようなことがないかぎり、君以外の人に心を奪われたりしない。末の松山の波が越えるという不可能なことをあげて愛の誓いを立てる。この東歌のために、末の松山は男女の末永い契りの約束の証しとなった。

その末の松山も墓原と成り果てていた。「はねをかはし枝をつらぬる契の末も、終はかくのごとき」とは、比翼《ひよく》の鳥、連理《れんり》の枝の誓いも末はこのとおり墓原となるというのだ。芭蕉のこの恋愛観は翌年元禄三年（一六九〇年）夏、去来、凡兆と巻く歌仙「市中は」の巻の終盤近くで芭蕉が出す次の付句を思い起こさせる。

さま〴〵に品かはりたる恋をして　凡兆
浮世の果《はて》は皆小町なり　芭蕉

どんなに恋多き人であろうと、最後はみな老いさらばえてさすらった小町同然。

末の松山のほか、野田の玉川、沖の石、塩竈の浦、籬が島もみな歌枕。

ゆふされば潮風《しほかぜ》越してみちのくの野田の玉河ちどりなくなり　能因（『新古今集』）
我《わが》袖は潮干《しほひ》に見えぬをきの石の人こそ知らねかはく間ぞなき　二条院讃岐（『千載集』）
陸奥《みちのく》はいづくはあれど塩釜の浦こぐ舟の綱手《つなで》かなしも　東歌（『古今集』）

わが背子をみやこに遣りて塩釜の籬《まがき》の島のまつぞこひしき　　東歌（『古今集』）

【現代語訳】

そこから野田の玉川、沖の石を尋ねる。末の松山は寺を造って末松山という。松の間々はみな墓原で、翼を交わす鳥、枝の連なる松という永遠の愛の契りも最後はこんなありさまと悲しさもこみ上げて塩竈の浦で入相の鐘を聞く。

五月雨の空が少し晴れて夕月夜かすかに籬が島もほど近い。漁師の小舟が次々に漕いで帰って魚を分ける声に（源実朝が）綱手かなしもと詠んだという心もおのずとわかって、いよいよあわれである。

その夜、盲目法師が琵琶を鳴らして奥浄瑠璃というものを語る。平家琵琶でもなく幸若舞でもなく、ひなびた調子でうち鳴らすので枕元でやかましいけれど、さすが辺国の遺風を忘れずにいるのだから奇特なことに思われる。

塩竈明神

早朝、塩がまの明神に詣《まうづ》。国守再興せられて、宮柱ふとしく彩椽《さいてん》きらびやかに石の階《きざはし》九仭《きうじん》に重《かさな》り、朝日あけの玉がきをかゝやかす。かゝる道の果《はて》、塵土《ぢんど》の境まで神霊あらたにましますこそ吾国《わが》の風俗なれと、いと貴《たふと》けれ。
神前に古き宝燈有《あり》。かねの戸びらの面に文治三年和泉《いづみの》三郎奇進と有。五百年来の俤《おもかげ》、今目の前にうかびて、そゞろに珍し。渠《かれ》は勇義忠孝の士也。佳命《かめい》今に至りてしたはずといふ事なし。誠《まことに》、人能《よく》道を勤《つとめ》、義を守《まもる》べし。名もまた是《これ》にしたがふと云《いへ》り。
日既《すでに》午《ご》にちかし。船をかりて松島にわたる。其間《そのかん》二里余、雄島《をじま》の磯《いそ》につく。

塩竈神社は塩竈の浦近く一森山《いちもりやま》にある神社。「国守再興せられて」の国守とは伊達政宗。

塩竈神社に宝燈を寄進した和泉三郎は藤原秀衡の三男、藤原忠衡《ただひら》。亡き父の遺言どおり、義経を守ろうとしたが、義経自害のあと、文治五年（一一八九年）、兄泰衡に殺害される。宝燈が寄進されたのはその二年前。

芭蕉たちは陸路をとらず、ここから舟で松島に向かい、雄島の磯に着いた。雄島は陸地と地続きの島。これも歌枕である。

見せばやな雄島の海人《あま》の袖だにも濡れにぞ濡れし色はかはらず
殷富門院大輔《いんぷもんいんのだいふ》（『千載集』）

【現代語訳】

早朝、塩竈明神に詣でる。伊達藩主が再興されて、宮柱太く彩色した垂木きらびやかに石段が天まで重り、朝日が朱塗りの玉垣を輝かす。こんな道の果て、塵土の境まで神々があらたかにましますことこそ、わが国の風俗だなあとたいへん貴いことだ。神前に古い宝燈がある。鉄の扉の表に文治三年、和泉三郎寄進とある。五百年来の面影がいま目の前に浮かんでまことに珍しい。その人は勇、義、忠、孝の人士である。佳名、今に至って慕わぬ人はない。まことに人は道に励み、義を守ることこそ大事、名声はそれについてくるというとおりである。

すでに正午に近い。船を借りて松島に渡る。その間、二里あまり、雄島の磯に着く。

松島（松島湾）

抑《そもそも》ことふりにたれど松島は扶桑《ふさう》第一の好風にして、凡洞庭《およそとうてい》、西湖《せいこ》を恥《はぢ》ず。東南より海を入《いれ》て江の中《うち》三里、浙江《せつかう》の潮《うしほ》をたゝふ。島〴〵の数を尽《つく》して欹《そばだつ》ものは天を指《ゆびさし》、ふすものは波に匍匐《はらばふ》。あるは二重《ふたへ》にかさなり三重《みへ》に畳みて、左にわかれ右につらなる。負《おへ》るあり抱《いだけ》るあり、児孫《ぢそん》愛すがごとし。松の緑こまやかに、枝葉《しえふ》汐風《しほかぜ》に吹《ふき》たはめて屈曲をのづからためるがごとし。

其気色《そのけしき》窅然《えうぜん》として美人の顔《かんばせ》を粧《よそほ》ふ。ちはや振《ふる》神のむかし、大山ずみのなせるわざにや。造化の天工、いづれの人か筆をふるひ詞《ことば》を尽《つく》さむ。

書き出しの部分。昔からのことだが、松島は日本（扶桑）第一の絶景にして中国の名勝、洞庭湖《どうていこ》、西湖にも劣らない。以下、松島の絶景が描かれる。

【現代語訳】

そもそもいい古されたことだが、松島は日本一の美景であり、思いみるに中国の洞庭湖、西湖に恥じない。東南から海を入れて湾内三里、浙江（中国江南の銭塘江）の潮をたたえる。

島々の数かぎりなく、立ち上がる島は天を指さし、伏す島は波に腹這う。ある島は二重に重なり、三重に畳んで、左の島と分れ、右の島に繋がる。背負う島あり、抱く島あり、子や孫を愛するかのようだ。松の緑濃く、枝葉は潮風に吹かれ撓んで、屈曲した枝ぶりはみずから姿をこしらえたかのようである。

その景色はうっとりと美人（西施）の顔のように粧う。ちはやふる神代の昔、大山祇の神のなせるわざか。造化の神の偉大なる傑作、誰が絵に描き、詩に詠み尽すことができようか。

松島（雄島が磯）

雄島が磯は地つゞきて海に成出《なりいで》たる島也。雲居《うんご》禅師《ぜんじ》の別室の跡、坐《ざ》禅石《ぜんせき》など有。将《はた》、松の木陰に世をいとふ人も稀《まれ》〳〵見え侍りて落穂《おちぼ》、松笠《まつかさ》など打《うち》けぶりたる草の庵、閑《しづか》に住《すみ》なし、いかなる人とはしられずながら先《まづ》なつかしく立寄《たちよる》ほどに、月、海にうつりて昼のながめ又あらたむ。江上《かうしやう》に帰りて宿を求《もとむ》れば、窓をひらき二階を作《つくり》て風雲の中に旅寐《たびね》するこそ、あやしきまで妙《たへ》なる心地はせらるれ。

松島や鶴《つる》に身をかれほとゝぎす　曾良

予は口をとぢて眠らんとしていねられず。旧庵をわかるゝ時、素《そ》堂《だう》、松島の詩あり。原安適《あんてき》、松がうらしまの和哥を贈らる。袋を解《とき》てこよひの友とす。且《かつ》、杉風、濁子《ぢよくし》発句あり。

松島は歌枕の中の歌枕。『おくのほそ道』はみちのくの歌枕を訪ねる旅。それならば、松島を訪ねる旅だったといってもよい。冒頭に「松島の月先心にかゝりて」とあったのを思い出すまでもない。

それならば、『おくのほそ道』に芭蕉の松島の一句があって当然と誰もが思う。しかし、芭蕉は曾良の句は入れたが、自分の句を入れなかった。詠まなかったわけではない。

嶋《しま》々《/》や千々《ちぢ》にくだきて夏の海　芭蕉

芭蕉は松島で少なくともこの一句を詠んでいる。しかし、「予は口をとぢて、眠らんとしていねられず」というのである。地の文では言葉を尽くして松島をたたえながら、これはどうしたことか。

ここに芭蕉の松島の一句が入っていれば、話ができすぎてしまう。それはおもしろくないと芭蕉は思ったにちがいない。そこで、松島の句をあえて入れなかったということだろう。

その結果、松島という歌枕は手つかずのまま残され、『おくのほそ道』の世界は紙幅を越えて果てしなく広がることになった。芭蕉は笠島の実方の墓の前で試みた「焦点はずし」を、松島という『おくのほそ道』の檜舞台でふたたびやってのけたのだ。

絵の名人が富士山の絵を描くのに、頂上を雲で隠し、あるいは、画布の外にはみ出させて描かないのと同じ。もし、頂上を描いてしまえば、その富士山は小さな画布の中の富士。ところが、頂上を描かなければ、富士山は画布をはみ出して見る人の心の中で大きくなる。

富士山の頂上に相当するのが、ここでは松島の句。もし、松島の句をここに入れていたら、『おくのほそ道』の世界はただそれだけのこぢんまりしたものになっていただろう。

雲居禅師（一五八二―一六五九）は松島瑞巌寺《ずいがんじ》の中興の開山。『おくのほそ道』の旅の三十年前に亡くなった人である。

芭蕉たちはその夜、瑞巌寺門前に宿をとった。素堂は芭蕉の友人。原安適は歌人。濁子は芭蕉の門弟、大垣藩士。

「松がうらしま」は歌枕。

音に聞く松が浦島今日ぞ見るむべも心あるあまは住みけり　素性《そせい》（『後撰集』）

曾良の句、

／松島や／鶴に身をかれほとゝぎす／

すばらしい松島の眺め。今、一声鳴いた時鳥よ、美しい鶴の姿となってこの風景の中に舞い降りて欲しい。「松島や」の「や」は名所の「や」。松島という眼前の景に「鶴に身をかれほとゝぎす」という曾良の思いを取り合わせる古池型の句。細かくみれば「鶴に身をかれ」のあとにも小さな切れがある。

【現代語訳】

雄島が磯は陸から海へ伸び出た島である。雲居禅師の別室の跡、座禅石などがある。あたりには松の木陰に世を厭う人もまれまれに見えて、落ち穂や松笠の煙る草庵を閑かに住みなし、どんな人かは知らないが、まず懐かしさに立ち寄るうちに月が海に映り、昼の眺めがあらたまる。

海のほとりに帰って宿を求めると、窓を開いて二階が作ってあり、風雲の中に旅寝すると、夢のような心地がすることだ。

松島や鶴に身をかれほとゝぎす　曾良

ああ松島——
鶴の姿で鳴いてくれ
ほととぎすよ

私は口を閉じて眠ろうとするが眠れない。深川の草庵を別れるとき、素堂は松島の詩を持参する。原安適からは松が浦島の和歌を贈られる。袋を開いて今宵の友とする。

はたまた杉風と濁子の発句もある。

瑞巌寺

十一日、瑞巌寺に詣《まうづ》。当寺三十二世の昔、真壁《まかべ》の平四郎、出家して入唐《につたう》、帰朝の後開山す。其《その》後に雲居禅師《うんごぜんじ》の徳化《とくげ》に依《より》て七堂甍《いらか》改《あらたま》りて金壁荘厳《こんぺきしやうごん》光を輝《かかやかし》、仏土成就の大伽藍《がらん》とはなれりける。彼見仏聖《かのけんぶつひじり》の寺はいづくにやとしたはる。

瑞巌寺は松島にある臨済宗の古刹。承和五年（八三八年）、慈覚大師《じかくだいし》（円仁《えんにん》、七九四―八六四）の開山以来、天台宗の寺だったが、鎌倉時代に法身禅師《ほっしんぜんじ》を迎えて禅宗に改めた。芭蕉がここで書いている「真壁の平四郎」は法身禅師の俗名。その後、江戸時代の雲居禅師は中興開山と仰がれる。

見仏聖（見仏上人、松島上人）は平安時代末期の人。松島の風光を愛して雄島に庵を結び、十二年間に法華経六万部を誦えたという。「彼見仏聖の寺」とあるのはこの庵のこと。西行は能登で修行中の見仏上人と出会い、その後、松島の庵を訪ねている。『おくのほそ道』の旅の翌年、歌仙「市中は」の巻では見仏上人を面影にした付句を凡兆が詠んでいる。

道心《だうしん》のおこりは花のつぼむ時　去来
能登の七尾《ななを》の冬は住《すみ》うき　凡兆
魚の骨しはぶる迄の老を見て　芭蕉

【現代語訳】

五月十一日、瑞巌寺に詣でる。三十二代の昔、真壁の平四郎（法身禅師）が出家して中国に渡り、帰朝ののち開山した。その後、雲居禅師の徳化で七堂は屋根も新しく変わり、金色の障壁、仏像の荘厳が光輝く、仏の国を造り上げた（仏土成就の）大伽藍となった。かの見仏聖の寺はどこかと慕われる。

石の巻

十二日、平和泉《ひらいづみ》と心ざし、あねはの松、緒《を》だえの橋など聞伝《ききつたへ》て人跡稀《じんせきまれ》に雉兎蒭蕘《ちとすうぜう》の往《ゆき》かふ道そこともわかず、終《つひ》に路ふみたがえて石の巻といふ湊《みなと》に出《いづ》。こがね花咲《さく》とよみて奉《たてまつり》たる金花山《きんくわざん》、海上に見わたし、数百《すひやく》の廻船《くわいせん》入江につどひ、人家地をあらそひて竈《かまど》の煙立《けぶりたち》つゞけたり。

思ひがけず斯《かか》る所にも来《きた》れる哉《かな》と、宿からんとすれど更《さら》に宿かす人なし。漸《やうやう》まどしき小家《こいへ》に一夜をあかして明《あく》れば又しらぬ道まよひ行《ゆく》。袖《そで》のわたり、尾ぶちの牧、まの、萱はらなどよそめにみて遥《はるか》なる堤を行《ゆく》。心細き長沼にそふて戸伊广《といま》と云《いふ》所に一宿して平泉に到《いた》る。其間《そのかん》、廿《にじふ》余里ほど、おぼゆ。

芭蕉たちは松島からまっすぐ平泉へゆこうとしたが道に迷って石巻に出てしまったということにして、さらに方々の歌枕をめぐる。いわば道行きの体裁をとりながら、松島から平泉までの行程がつづられる。前に現れてはたちまち後ろへと遠ざかる歌枕を次々に織りこんで軽快なスピード感のある地の文にしている。

「雉菟蒭蕘」は漁師と木こり。姉歯の松、緒絶えの橋、金華山、袖の渡り、尾駮の牧、真野の萱原はみな歌枕。三首目「あづまなるみちのく山」とあるのが金華山である。

栗原のあねはの松の人ならば都のつとにいざといはましを
（『伊勢物語』）

みちのくの緒絶の橋やこれならんふみみふまずみ心まどはす
左京大夫道雅《さきようのだいふみちまさ》（『後拾遺集』）

天皇《すめろき》の御代栄えむと東《あづま》なる陸奥《みちのく》山に金《くがね》花咲く
大伴家持（『万葉集』）

みちのくの袖のわたりの涙川心のうちにながれてぞすむ
相模（『新後拾遺集』）

陸奥のをぶちの駒ものがふには荒れこそ勝《まさ》れなつくものかは
よみ人しらず（『後撰集』）

陸奥の真野の草原《かやはら》遠けども面影にして見ゆといふものを
笠郎女《かさのいらつめ》（『万葉集』）

「戸伊广と云所」は登米。「とよま」を「といま」と聞き誤って、この字を宛てた。

【現代語訳】

五月十二日、平泉と志し、あねはの松、緒だえの橋など伝え聞きながら、人のめったに通らない、狩人や木樵（雉莵蒭蕘）の行き交う道をどこかわからず、とうとう道を踏み違えて石巻という港に出る。（大伴家持が）みちのく山にこがね花咲くと詠んだ歌を（聖武天皇に）奉った金華山を海上に見渡し、数百の廻船が入り江に集い、人家が狭い土地を争って竈の煙が立ちつづける。

思いがけずこんなところに来てしまったなあと宿を借ろうとすると、いっこうに宿を貸す人はいない。やっと貧しげな小家に一夜を明かして、明ければまた知らぬ道を迷いゆく。袖の渡、尾ぶちの牧、真野の萱原などをよそ目に見て、（北上川の）遥かな堤をゆく。心細いまでに長い沼に沿って、戸伊广というところに一宿して平泉に至る。その間、二十里ほどと思われる。

平泉（高館）

三代の栄耀《ええういつすい》一睡の中《うち》にして、大門の跡は一里こなたに有。秀衡《ひでひら》が跡は田野《でんや》に成《なり》て、金鶏山《きんけいざん》のみ形を残す。先高館《まづたかだち》にのぼれば北上川《きたかみがは》、南部より流る、大河也。衣川《ころもがは》は和泉《いづみ》が城《じやう》をめぐりて高館の下《もと》にて大河に落入《おちいる》。康衡等《やすひらら》が旧跡は衣《ころも》が関《せき》を隔《へだて》て南部口をさし堅め、夷《えぞ》をふせぐとみえたり。偖《さて》も義臣すぐつて此城《このしろ》にこもり、功名一時の叢《くさむら》となる。国破れて山河あり、城《しろ》春にして草青みたりと笠打敷《かさうちしき》て時のうつるまで泪《なみだ》を落《おと》し侍りぬ。

夏草や兵《つはもの》どもが夢の跡

卯《う》の花《はな》に兼房《かねふさ》みゆる白毛《しらが》かな　曾良

奥州藤原三代、清衡、基衡、秀衡の都、平泉。ここで芭蕉たちは黄金の都の廃墟を目の当たりにする。政庁の一里も南に大門を置いた豪壮華麗な都も、今や秀衡の館の跡さえ田畑となり、金鶏山が昔の姿をとどめるのみ。

「先高館にのぼれば」からは、義経が自害した高館の跡から見わたすパノラマの描写。

「和泉が城」は義経をかくまった秀衡の三男、忠衡（和泉三郎）の城。その兄、泰衡（康衡は誤り）は父、秀衡の死後、遺言に背いて鎌倉方と組み、義経を討ったが、その後、頼朝軍に滅ぼされる。

衣川は歌枕。

袂《たもと》より落つる涙は陸奥の衣河とぞ言ふべかりける　　よみ人しらず（『拾遺集』）

「国破れて山河あり、城春にして草青みたり」は杜甫の五言律詩「春望」の変奏。

春　望　　　　杜甫

国破れて山河在り
城春にして草木深し
時に感じては花にも涙を濺《そそ》ぎ
別れを恨《うら》んでは鳥にも心を驚かす
烽火《ほうか》三月に連なり
家書《かしょ》万金に抵《あた》る
白頭搔《か》けば更に短く

渾《すべ》て簪《しん》に勝《た》えざらんと欲す

芭蕉の句、

／夏 草 や／兵 ど も が 夢 の 跡／

高館跡に茂る夏草を見て、夢と消えてしまった義経主従と藤原三代をしのぶ。「夏草や」（現実）と「兵どもが夢の跡」（心の世界）を取り合わせる古池型の句。

曾良の句、

／卯 の 花 に 兼 房 み ゆ る 白 毛 か な／

高館あたりの卯の花には鬼神さながらの奮戦の果て、燃え盛る炎に飛びこんで討死した兼房の白髪の面影がちらちらする。こちらは一物仕立て。兼房は「十郎権頭《じゅうろうごんのかみ》兼房」という老武者。義経の北の方の育ての親だが、都から義経に従ってきていた。『義経記』はその最期をこう記す。義経の自害を見届け、北の方と若君と姫君の命を奪った兼房は館に火をかけ、敵の待ち受ける庭へと打って出る。馬から引き落とした敵将の一人を引っ抱えると、「『独り越ゆべき死出の山、供して越えよや』とて、炎の中に飛び入りけり。兼房思へば恐しや、偏《ひとへ》に鬼神の振舞《ふるまひ》なり」。

【現代語訳】

奥州藤原氏三代の栄華は一睡のうちにして、南大門の跡は（館の）一里も手前にある。秀衡の館の跡は田野となって金鶏山だけが形を残す。

まず高館に登れば北上川は南部藩領から流れる大河である。衣川は（忠衡の）和泉が城を巡って高館の下で北上川に落ち入る。康衡（泰衡）らの館の跡は衣が関の向こうで南部藩との境（南部口）を堅め、蝦夷を防ぐとみえる。

さても（源義経は）義臣を選りすぐってこの城に立て籠もり、功名は一時の草むらになる。（杜甫の詩さながら）国破れて山河あり、城春にして草青みたりと笠を敷いて、時が移るまで涙を落とした。

夏草や兵どもが夢の跡

夏草が茂る——
武将たちの
夢の跡さながらに

卯の花に兼房みゆる白毛かな　曾良

卯の花に
兼房が思い浮かぶ
あの白髪頭が

平泉（中尊寺）

兼《かね》て耳驚したる二堂開帳す。経堂《きやうだう》は三将の像をのこし、光堂は三代の棺を納め、三尊の仏を安置《あんぢ》す。七宝散《ちり》うせて珠《たま》の扉風にやぶれ、金《こがね》の柱霜雪《さうせつ》に朽《くち》て既頽廃空虚《すでにたいはいくうきよ》の叢《くさむら》と成《なる》べきを、四面新《あらた》に囲《かこみ》て甍《いらか》を覆《おほひ》て風雨を凌《しのぎ》、暫時千歳《しばらくせんざい》の記念《かたみ》とはなれり。

五月雨《さみだれ》の降《ふり》のこしてや光堂

中尊寺は松島の瑞巌寺と同じく慈覚大師、円仁の開いた寺。その金色堂《こんじきどう》（光堂）は、とおの昔に廃墟となる運命にあったが、鞘堂《さやどう》でおおわれ、昔の輝きをとどめていた。

／五月雨の降のこしてや／光堂／

句中の切れのある一物仕立て。降りしきる五月雨もこの光堂だけは濡らさない。鞘堂でおおわれ、時の猛威から辛うじて守られている。

芭蕉は壺の碑では「爰に至りて疑なき千歳の記念、今眼前に古人の心を閲す」といい、光堂を「暫時千歳の記念とはなれり」という。この「千歳の記念」とは、すべてを廃墟にしてしまう猛々しい時の流れに耐えて、かろうじて残っているもののことである。

【現代語訳】

かねて耳を驚かした中尊寺の二堂を開帳する。経堂は三人の武将（清衡、基衡、秀衡）の像を残し、光堂は三代の棺を納め、三尊（阿弥陀如来、観音、勢至菩薩）を安置する。七宝は散り失せ、珠の扉は風に破れ、黄金の柱は霜雪に朽ちて、とうの昔に頽廃空虚の草叢となるはずが、四方を新たに囲み、甍で覆って雨風をしのぎ、しばらく千歳の記念となっている。

五月雨の降のこしてや光堂

五月雨が
降り残している——
光堂だけは

第六章　太陽と月

――尿前の関から越後路まで

宇宙的な体験

ここから『おくのほそ道』の後半に入る。みちのくを旅して平泉にたどり着いた芭蕉と曾良は、奥羽山脈を横断して出羽《でわ》の国に入る。出羽では尾花沢《おばなざわ》、立石寺《りっしゃくじ》、出羽三山、鶴岡を経て日本海にのぞむ酒田《さかた》に出ると、象潟《きさかた》へ北上。そこから引き返し、日本海に沿って、越後、越中、加賀、越前をたどる。

歌仙でいえば、初折を巻き終えて名残の折に入るところ。このとき、懐紙が改まるわけだが、それに相当するのが陸奥と出羽の間に横たわる奥羽山脈越え。尿前《しとまえ》の関から山刀伐《なたぎり》峠まで、『おくのほそ道』の旅の最大の難所でもある。私たちはまず、命からがら山道を進む芭蕉と曾良とともに山を越えることになるだろう。

この山越えは出羽という新しい世界へ出るために、二人が乗り越えなければならない試練である。人は生まれ変わるためには一度、死ななくてはならない。しかし、ほんとうに死ぬのは大変だから、生きたまま生まれ変わる儀式が考えられた。それが胎内くぐり。陸奥から出羽への山越えは二人にとっての胎内くぐりだった。

この第六章でとりあげるのは『おくのほそ道』後半のうち、出羽から越後まで。歌仙では名残の表にあたる。ここで芭蕉たちは太陽や月や銀河のすぐそばを通る。

私たちは、芭蕉がこの宇宙的な世界を句に取り入れるために大胆な切れを工夫するのを見るだろう。

さらに、芭蕉はこの宇宙的な体験をもとに不易流行《ふえきりゆうこう》をとなえることになるのだが、この論は宇宙の世界の出口である、この章の終わりでみることにしよう。

では、山越えの最中の芭蕉たちのもとへ。

尿前の関（封人の家）

南部道遥《みちはるか》にみやりて岩手《いはで》の里に泊《とま》る。小黒崎《をぐろさき》、みづの小島《こじま》を過《すぎ》て、なるごの湯より尿前の関にかゝりて出羽《では》の国に越《こえ》んとす。此路《このみち》、旅人稀《まれ》なる所なれば関守《せきもり》にあやしめられて漸《やうやう》として関をこす。大山《たいざん》をのぼつて日既《すでに》暮ければ封人《ほうじん》の家を見かけて舎《やどり》を求む。三日風雨あれて、よしなき山中に逗留《とうりう》す。

蚤《のみ》虱《しらみ》馬の尿《ばり》する枕《まくら》もと

平泉からさらに北の南部領へ向かうのが南部道。「南部道遥にみやりて」とは、そのまま北へはゆかず、ここから引き返したということ。

小黒崎、みずの小島は歌枕。

をぐろ崎みつの小島の人ならば宮このつとにいざと言はましを

陸奥歌（『古今集』）

尿前の関は鳴子《なるこ》温泉の西にある関所。この関のさらに西に陸奥と出羽の国境があった。ここは『おくのほそ道』の旅の前半と後半、歌仙でいえば初折と名残の折をつなぐ重要な関所である。その要となるのが次の一句。

／蚤　虱／馬　の　尿　す　る　枕　も　と／

雨のため二、三日、逗留した封人《ほうじん》（関所の番人）の家での句。蚤や虱に攻められ、馬が小便をする音を枕元に聞きながら寝についた。「蚤虱」と「馬の尿する枕もと」の取り合わせ。どちらも現実そのものであり、古池型の句ではない。

芭蕉たちは梅雨の最中、こんなじめじめしたところを通って陸奥から出羽へ向かう。歌枕の国から太陽と月と銀河の世界へ、歌仙の初折から名残の折へ。芭蕉はその継ぎ目にこの一句をおいた。

何と陰々滅々たる句だろうか。しかし、この句があるからこそ、すでにあとにしたみちのくはいよいよ懐かしく、これから向かう出羽と越後は一段と晴れやかな世界に思える。

【現代語訳】

南部街道をはるかに見やって岩手の里に泊まる。小黒崎、みづの小島を過ぎ、鳴子温泉から尿前の関にかかって出羽の国へ越えようとする。この道は旅人も稀なところなので関守に怪しまれて、やっと関を越える。大きな山を登って日もすでに暮れたので封人の家を見かけて宿を頼む。三日間、雨風が荒れて余儀なく山中に逗留する。

蚤虱馬の尿する枕もと

蚤に虱――なんと
馬も小便する
枕もとで

尿前の関（**山越え**）

あるじの云《いはく》、是《これ》より出羽の国に大山《おほやま》を隔《へだて》て道さだかならざれば道しるべの人を頼《たのみ》て越《こゆ》べきよしを申《まうす》。さらばと云《いひ》て人を頼侍《たのみ》れば究竟《くつきやう》の若者、反脇指《そりわきざし》をよこたえ、樫《かし》の杖《つゑ》を携《たづさへ》て我〲が先に立《たち》て行《ゆく》。

けふこそ必《かならず》あやうきめにもあふべき日なれと辛《から》き思ひをなして後について行《ゆく》。あるじの云《いふ》にたがはず高山森々《しんしん》として一鳥声きかず、木《こ》の下闇《したやみ》茂りあひて夜《よ》る行《ゆく》がごとし。雲端《うんたん》につちふる心地して、篠《しの》の中踏分《ふみわけ》〲水をわたり岩に蹶《つまづい》て、肌《はだへ》につめたき汗を流して最上の庄《しやう》に出《い》づ。

かの案内《あない》せしおのこの云《いふ》やう、此《この》みち必《かならず》不用の事有、恙《つつが》なうをくりまいらせて仕《し》合《あはせ》したりと、よろこびてわかれぬ。跡に聞《きき》てさへ胸とゞろくのみ也。


封人の家の主がいう。ここから出羽へ出るには途中に大きな山があり、道も定かでないので、誰か道案内の人を頼んでゆくほうがいい。そこで道案内の人を頼むと、屈強の若者が反り脇差しを腰にさし、樫の杖をついてわれわれの前をどんどん先へ進んでゆく。「雲端につちふる」は杜甫の詩「鄭駙馬《ていふば》潜曜《せんよう》と洞中《どうちゆう》に宴す」の「已《すで》に風磴《ふうとう》の雲端《うんたん》に霾《うま》るに入るかと」（風の吹く石段を上って雲の中に入ったかと）の引用。昼なお暗い山中の木々を冷たい風が吹きわたるのを、雲に入ってしまう（「霾」は同音の「埋」と同義）とたとえた。

出羽の最上に到着して別れ際に道案内の若者がいう。「この道ではいつも（山賊などの）乱暴狼藉が起こるのですが、今日は無事、お送りすることができて、ほんとうによかった」。山を越えてから聞いても、恐ろしくて胸がどきどきする。

ここからさらに山刀伐峠を越えて、二人は尾花沢へと向かう。

【現代語訳】

主がいうには、ここから出羽の国へは大きな山を隔てて、道もさだかでないので道案内の人を頼んで越えるのがいいという。それならばといって人を頼むと、屈強の若者が反り脇差を横ざまにさし、樫の杖を手に我々の先に立ってゆく。きょうこそ必ず危ない目に遭うにちがいない日だと辛い思いをしながらあとについてゆく。

主のいったとおり高い山は森々として一羽の鳥の声さえ聞かない。木の下闇は茂りあって夜ゆくようである。（杜甫の詩にある）雲の中に入る心地がして篠の中を踏み分け踏み分け、水を渡り岩につまづいて、肌に冷たい汗を流しながら最上の庄に出る。

かの道案内した若者がいうには、この道は必ず乱暴狼藉に遭う。無事お送りして安心したと喜んで別れた。そんなことをあとで聞いてさえ胸が高鳴るばかりである。

尾花沢

尾花沢《をばねざは》にて清風《せいふう》と云《いふ》者を尋ぬ。かれは富《とめ》るものなれど志いやしからず。都にも折々かよひて、さすがに旅の情をも知《しり》たれば日比《ひごろ》とゞめて長途のいたはり、さま〴〵にもてなし侍る。

涼しさを我宿《わがやど》にしてねまる也
這出《はひいで》よかひやが下《した》のひきの声
まゆはきを俤《おもかげ》にして紅粉《べに》の花
蚕飼《こがひ》する人は古代のすがた哉　曾良

険しい奥羽国境の山中を通って尾花沢に出ると、木下闇《こしたやみ》から日向《ひなた》へ出たように、あたりは一挙に明るい光に包まれる。おりしも尾花沢周辺の田園は紅花の花盛り。ここで芭蕉たちをもてなしたのは紅花問屋の主、清風だった。

尾花沢は最上川交易の中継地として栄えた町である。清風はここの紅花問屋島田屋の主、八右衛門（鈴木道佑）。島田屋は最上地方で栽培される紅花を上方に売り、財をなした。尾花沢の紅花は最上川を舟で下り、日本海沿岸を伝って大坂、京へ運ばれた。

清風は当時、まだ三十九歳の主人。芭蕉とはすでに江戸で面識があった。芭蕉による清風の人物評「かれは富るものなれど、志いやしからず」とは、お金持ちだが、高い志をもった人だというのだ。このいいまわしには、お金持ちが高い志をもつのは難しいという芭蕉の考えがのぞいているだろう。

さて、尾花沢での芭蕉の句。

／涼しさを我宿にしてねまる也／

「ねまる」はくつろぐこと。この涼しいお宅で、わが家のようにゆっくりとくつろいでいます。清風の心づくしのもてなしに対する礼の一句。一物仕立て。

／這出よ／かひやが下のひきの声／

「かひや」は飼屋、蚕室のこと。蚕室の床下で鳴いている蟇《ひきがえる》よ、ちょっと出ておいで。句中の切れのある一物仕立て。

／まゆはきを俤にして／紅粉の花／

「まゆはき」（眉刷）は眉にかかった白粉を払うための小さな刷毛。紅花はやがて女性の唇を彩るのだが、そういえば、紅花は眉はきに似ているなあ。句中の切れのある一物仕立て。紅花商人、清風への挨拶の一句。芭蕉の三句のうち、この句の晴れやかさはたとえようがない。
　曾良の句。

／蚕飼する人は古代のすがた哉／

ここで蚕を飼う人々の姿は神代の昔さながら。一物仕立て。

【現代語訳】
　尾花沢で清風という人を訪ねる。彼は裕福な人ではあるが志が卑しくない。京へも折々に通って、さすがに旅の心情も知っているので幾日も引き留めて長旅を労わり、さまざまにもてなしてくれる。

　涼しさを我宿にしてねまる也
　　清風邸の涼しさを
　　わが宿にして
　　寛いでいる
　這出よかひやが下のひきの声
　　這い出しておいで――

蚕屋の床下で
鳴いている蟇よ

まゆはきを俤にして紅粉の花

眉を掃く筆
その面影がある――
紅の花は

蚕飼する人は古代のすがた哉　曾良

蚕を飼う
この地の人々は
古代のままの姿だなあ

立石寺

山形領に立石寺《りふしやくじ》と云《いふ》山寺あり。慈覚大師の開基にして殊《ことに》清閑の地也。一見すべきよし、人々のすゝむるに依《より》て尾花沢よりとつて返し、其間《そのかん》七里ばかり也。日いまだ暮ず。梺《ふもと》の坊に宿かり置《おき》て山上の堂にのぼる。岩に巌《いはほ》を重《かさね》て山とし松栢年《しようはくとし》旧《ふり》、土石老《おい》て苔滑《こけなめらか》に岩上《がんしやう》の院々扉を閉《とぢ》て物の音きこえず。岸をめぐり岩を這《けひ》て仏閣を拝し、佳景寂寞《かけいじやくまく》として心すみ行《ゆく》のみおぼゆ。

閑《しづか》さや岩にしみ入《いる》蟬《せみ》の声

尾花沢から日本海へ出るには、近くの大石田《おおいしだ》から舟に乗り、最上川を河口の酒田まで一気に下ればよいのだが、芭蕉たちは寄り道をする。その一つが立石寺、もう一つが出羽三山。

立石寺は松島の瑞巌寺、平泉の中尊寺と同じく慈覚大師、円仁の開基。ただ山寺《やまでら》とも

いう。芭蕉が「岩に巌を重て山とし」と描写しているとおり、中国の山水画を思わせる

ごつごつした岩山に松や檜の老木が生え、お堂が建っている。

尾花沢を発った芭蕉と曾良がここにたどり着いたのは、梅雨の終わりのある日の午後

だった。幸いまだ日が暮れていなかったので、麓の寺に荷物を置いて山に登る。

山上での一句、

／閑さや／岩にしみ入蟬の声／

この句はふつう静けさの中で蟬が岩にしみいるように鳴いていると解釈されるが、こ

れでは蟬が鳴きしきっているのに、なぜ静かなのかがわからない。「閑さや」も「岩に

しみ入蟬の声」も同じ現実の次元のものとして一緒くたに読むからだろう。「閑さや」と「岩にしみ入蟬の声」は次元がちがう言葉なのではないのか、というところからこの句の解釈ははじまる。この句、古池の句と同じ形をしているからだ。

／古池や／蛙飛こむ水のおと／

古池の句は、蛙が水に飛びこむ音を聞いて心の中に古池の面影が浮かんだという句だった。「蛙飛こむ水のおと」は現実の音であるのに対して「古池や」は心の世界。「古池や」と「蛙飛こむ水のおと」という互いに次元のちがうものの取り合わせ。大事なのは古池という心の世界を開くきっかけになったのが、蛙が水に飛びこむ音だったということ。

「閑さや」の句はこの古池の句と似た構造をしている。「岩にしみ入蟬の声」は現実の音、一方、「閑さや」は心の世界という次元の異なるものの取り合わせ。「岩にしみ入蟬の声」という現実の音をきっかけにして芭蕉の心の中に静寂な世界が開けた。それが「閑さや」という言葉となった。この句は典型的な古池型の句なのだ。

その日の午後、芭蕉は立石寺の岩山に立つと、眼下に広がる梅雨明け間近な緑の大地を眺めた。頭上には梅雨の名残りの雲の浮かぶ空がはるか彼方までつづいている。そのとき、あたりで鳴きしきる蟬の声を聞いて、芭蕉の心の中にしんと静かな世界が広がった。

そこで芭蕉が感じた静けさはもはや現実の静けさではない。蟬が鳴こうともびくともしない、宇宙全体に水のように満ちている静けさ。立石寺の山上に立った芭蕉は蟬の声に耳を澄ませているうちに、現実の世界の向こうに広がる宇宙的な静けさを感じとった。「閑さや」の句は出羽に入った芭蕉が初めて詠んだ宇宙的なスケールの句である。それは芭蕉がやがて訪れる月山《がっさん》や酒田の港や出雲崎の海岸で詠む句のさきがけとなる一句だ。こうして立石寺の岩山は芭蕉が『おくのほそ道』の旅ではじめて宇宙的な世界と出会った記念すべき場所となった。

【現代語訳】

山形藩領に立石寺という山寺がある。慈覚大師の開基で、ことに清閑の地である。一見するべきだと人々が勧めるのに従って尾花沢からとつて返し、その間七里ばかりである。

日はまだ暮れず。麓の宿坊に宿を借りておいて、山上の堂に登る。岩に巌を重ねて山とし松柏は年を経て土石老いて苔滑らかに、岩上の院々は扉を閉じてもの音も聞こえない。崖をめぐり岩を這って仏閣を拝み、佳景寂寞として心が澄んでゆくことだけがわかる。

閑さや岩にしみ入蟬の声

天地の何という閑かさ――
岩にしみいる
蟬の声を聞けば

最上川（大石田）

最上川のらんと大石田《おほいしだ》と云所《いふ》に日和《ひより》を待《まつ》。爰《ここ》に古き誹諧の種落《おち》こぼれて忘れぬ花のむかしをしたひ、蘆角《ろかく》一声の心をやはらげ、此道《この》にさぐりあしゝて新古ふた道にふみまよふといへども、みちしるべする人しなければと、わりなき一巻《ひとまき》残しぬ。このたびの風流、爰《ここ》に至れり。

立石寺をあとにした芭蕉と曾良は尾花沢から来た道を引き返し、最上川のほとりの大石田に出る。ここから舟に乗り、川を下ろうというのだが、舟宿で天気の回復を待つうち、大石田の人々とともに歌仙一巻を巻くことになる。

「爰に古き誹諧の種落こぼれて」から「みちしるべする人しなければと」まで、地の文がしだいに土地の人々のせりふに変わってゆく。こんな山中ですが、その昔、俳諧の連句が伝わってからというもの、今も当時の風雅を慕い、蘆笛しか知らない田舎の人々の心を俳諧の風雅でなごませようと、手探りで新風か古風か迷っていますが、教えてくれる人がいないので、ぜひと頼まれて、というのだ。

「このたびの風流、爰に至れり」は、この旅のあちこちで歌仙を巻いてきたが、その風流はここ大石田で巻いた歌仙一巻に極まった。

芭蕉が「わりなき一巻」、しかたなく巻いたという歌仙の冒頭四句は次のとおり。連衆の一栄《いちえい》は大石田の舟宿の主、川水《せんすい》は大石田の庄屋。

さみだれをあつめてすゞしもがみ川　芭蕉
岸にほたるを繫ぐ舟杭《ふなぐひ》　一栄
瓜ばたけいさよふ空に影まちて　曾良
里をむかひに桑のほそみち　川水

芭蕉の発句、五月雨で増水した最上川は涼しげに流れている。一栄の脇、岸の舟杭に蛍が舞っている。曾良の第三、瓜畑で十六夜《いざよい》の月を待っているところ。川水の第四、向こうの里へ桑畑の中を小道がつづいている。

【現代語訳】

最上川の舟に乗ろうと大石田というところで日和を待つ。ここに古い俳諧の種がこぼれ落ちて忘れられない花の昔を慕い、辺境の風流心（蘆角一声の心）を和らげ、俳諧の道に探り足して新古二つの道に迷っているというのに道標する人もいないのでと、やむにやまれず歌仙一巻を残した。この旅の風流はここに至った。

最上川（川下り）

最上川はみちのくより出《いで》て山形を水上《みなかみ》とす。ごてん、はやぶさなど云《いふ》おそろしき難所有《あり》。板敷山《いたじきやま》の北を流《ながれ》て果《はて》は酒田の海に入《いる》。左右山覆《おほ》ひ、茂みの中に船を下す。是《これ》に稲つみたるをや、いな船とはいふならし。白糸の滝は青葉の隙《ひま》〳〵に落《おち》て、仙人堂岸に臨《のぞみ》て立《たつ》。水みなぎつて舟あやうし。

　五月雨《さみだれ》をあつめて早し最上川

芭蕉たちは大石田で歌仙を巻いたあと、最上川を舟で下らず、新庄《しんじょう》へ向かった。そこの商人、渋谷甚兵衛（風流）の招待。『おくのほそ道』には入れていないが、風流亭で詠んだ句をあげておこう。

水の奥氷《ひ》室《むろ》尋《たづ》ぬる柳《やなぎ》哉《かな》　芭蕉

／水の奥氷室尋る／柳哉／

柳が涼しげにそよいでいる。川の水上にあるこの風流亭はさながら氷室のよう。「水の奥氷室尋る」（想像の世界）と「柳哉」（眼前の景）の取り合わせ。「水の奥氷室尋る」は「水の奥（に）氷室尋る」ということ。実際は風流亭を訪ねたのだが、そこをまるで氷室のように涼しいといった古池型の句。

田一枚植て立去る柳かな　芭蕉

「水の奥」の句は下野の蘆野で芭蕉が詠んだ田一枚の句と同じく、心の世界（「水の奥氷室尋る」）に柳を取り合わせている。

芭蕉たちは新庄を発つと、元合海《もとあいかい》から舟で最上川を下り、清川で舟を降りて出羽三山へ向かった。しかし、芭蕉はさも大石田から舟に乗って最上川を下ったかのように書いている。

最上川は歌枕。

最上河のぼれば下る稲舟のいなにはあらずこの月ばかり　陸奥歌（『古今集』）

碁点《ごてん》、隼《はやぶさ》は最上川の難所。ただどちらも大石田より上流なので、芭蕉は実際には見ていない。「ごてん、はやぶさ」という勢いのいい地名を生かして最上川のすさまじい流れを描く。

「是に稲つみたるをや、いな船とはいふならし」は、秋に稲を積んで最上川を往来する舟が、古歌にうたわれた「いな船」なのだなあというのだ。

板敷山、白糸の滝は歌枕。

みちのくに近きいではのいたしきの山に年ふるわれぞわびしき　よみ人しらず（『夫木和歌抄』）

もがみ川滝のしら糸くる人のここによらぬはあらじとぞ思ふ　源重之《しげゆき》（『夫木和歌抄』）

仙人堂は源義経の家来、常陸坊海尊《ひたちぼうかいそん》を祀るお堂。義経が平泉で討たれたあと、海尊は生きのびて東北地方を放浪したという伝説がある。

／五月雨をあつめて早し／最上川／

句中の切れのある一物仕立て。芭蕉は大石田の歌仙の発句の「すゞし」(涼し)を、ここで「早し」と改めた。歌仙を巻いたとき、芭蕉はまだ舟に乗らず、五月雨で増水した最上川を眺めただけだった。そこで「すゞし」としたのだが、その後、元合海から清川まで最上川を舟で下った体験をもとに「早し」と直したということだろう。「すゞし」は舟宿の主、一栄への挨拶、一方、「早し」は水嵩を増した大河の迫力ある描写。

【現代語訳】

最上川は陸奥から流れ出て、山形を水上とする。碁点、隼などという恐ろしい難所がある。板敷山の北を流れて果ては酒田の海に入る。左右から山が覆い、茂みの中に舟を下す。これに稲を積んだ舟を稲舟というようだ。白糸の滝は青葉の間に落ちて、仙人堂が川岸に臨んで立つ。水みなぎって舟が危い。

五月雨をあつめて早し最上川

五月雨を
集めてなんと早いこと——
最上川は

出羽三山（羽黒山）

六月《ろくぐわつ》三日、羽黒山《はぐろさん》に登る。図司左吉《ずしさきち》と云《いふ》者を尋《たづね》て別当代会覚阿闍利《べつたうだいゑがくあじやり》に謁《えつ》す。南谷《みなみだに》の別院に舎《やどり》して憐愍《れんみん》の情《じやう》こまやかにあるじせらる。

四日、本坊にをゐて誹諧興行。

有《あり》難《がた》や　雪をかほらす　南谷

五日、権現《ごんげん》に詣《まうづ》。当山開闢《かいびやく》能除大師《のうぢよだいし》は、いずれの代《よ》の人と云《いふ》事をしらず。延喜式《えんぎしき》に羽州里山の神社と有《あり》。書写、黒の字を里山となせるにや、羽州黒山を中略して羽黒山と云《いふ》にや。出羽《では》といへるは鳥の毛羽を此《この》国の貢《みつぎもの》に献《たてまつ》ると風土記《ふどき》に侍《はべる》とやらん。月山《ぐわつさん》、湯殿《ゆどの》を合《あはせ》て三山とす。当寺、武江東叡《ぶかうとうえい》に属して天台止観《てんだいしくわん》の月明らかに円頓融通《ゑんどんゆづう》の法《のり》の灯《ともしび》かゝげそひて、僧坊棟《むね》をならべ修験行法《しゆげんぎやうぼふ》を励《はげま》し、霊山霊地の験効《げんかう》、人貴《たふとび》且《かつ》恐る。繁栄長《とこしなへ》にして、めで度《たき》御山《おやま》と謂《いつ》つべし。

芭蕉たちは清川で舟を降りると、出羽三山に詣でる。羽黒山、月山、湯殿山が出羽三山。いずれも修験道の聖地だが、平安時代に神仏習合となり、明治維新まで真言宗、天台宗などの仏教教団によって守られてきた。

まず、羽黒山。「当寺、武江東叡に属して」とあるとおり、天台宗の関東総本山である江戸上野の東叡山寛永寺を本山としていた。

図司左吉は俳号、呂丸《ろまる》（露丸）。この人の案内で羽黒山別当代の会覚阿闍利に会い、中腹の南谷にある別院に泊まる。会覚阿闍梨は羽黒山別当の代理として東叡山から派遣されていた高僧。そこでの一句、

／有　難　や／雪　を　か　ほ　ら　す　南　谷／

ここ南谷は真夏も雪の残る涼しいところ。今、残雪を薫風《くんぷう》が吹きわたり、さながら雪が薫るかのよう。こんな別天地に宿を借りて何とありがたいこと。「雪をかほらす南谷」（眼前の景）と「有難や」（心の世界）の取り合わせ。古池型の句である。

薫風（風薫る）は夏の季語。南風なので「南薫」ともいう。芭蕉はここで、この「南薫」という季語を「かほらす」（薫らす）と「南谷」に解いて使っている。

能除大師は崇俊《すしゅん》天皇（？—五九二）の第三皇子。「天台止観の月明らかに、円頓融通の法の灯かゝげそひて」からは天台宗の寺院として栄える羽黒山を描く。「天台止観」「円頓融通」は天台宗の教理。

あとで出てくる羽黒山の句もここでみておこう。芭蕉は羽黒山と月山の山頂で月の句を詠む。旅路を振り返れば、立石寺の岩山の山頂で宇宙の静けさを体感し、「閑さや」の一句を残した。ここでの月との遭遇はそれにつぐ宇宙的な体験である。

／涼しさや／ほの三か月の羽黒山／

芭蕉が羽黒山に登ったのは六月三日。夕暮れ、西の空に三日月がかかった。そのもとに羽黒山が黒々と鎮まっている。そんな景色の中にいると、心の中まで涼しくなるようだ。「ほの三か月の羽黒山」（眼前の景）と「涼しさや」（心の世界）の取り合わせ。古池型の句である。

【現代語訳】

六月三日、羽黒山に登る。図司左吉という者を尋ねて別当代の会覚阿闍梨《あじゃり》にお目にかかる。南谷の別院を宿にして憐愍の情こまやかにもてなされる。

四日、本坊において俳諧興行。

有難や雪をかほらす南谷

なんとありがたい——
薫風が雪を吹き渡る
この南谷は

五日、羽黒権現に詣でる。この山の開闢の能除大師はいつの時代の人であるか知らない。『延喜式』に羽州里山の神社とある。書写に当たって黒の字を里山としたか、羽州黒山を中略して羽黒山というのか。出羽というのは鳥の羽毛をこの国の貢物として奉ると『風土記』に書いてあるとか。月山、湯殿山を合わせて三山とする。

この寺は武蔵の国江戸の東叡山に属して、天台止観の月明らかに円頓融通の法灯を掲げ添えて僧坊は棟を並べ、修験の行法を励まし、霊山霊地の験効を人は貴びかつ畏れる。繁栄は永遠にして、めでたき御山といはねばならぬ。

出羽三山（月山、湯殿山）

八日、月山にのぼる。木綿《ゆふ》しめ身に引《ひき》かけ、宝冠《ほうくわん》に頭《かしら》を包《つつみ》、強力《がうりき》と云《いふ》ものに道びかれて雲霧《うんむ》山気《さんき》の中に氷雪を踏《ふみ》てのぼる事八里、更《さら》に日月行道《にちぐわちぎやうだう》の雲関《うんくわん》に入《いる》かとあやしまれ、息絶《たえ》身こゞえて頂上に臻《いた》れば日没《ぼつし》て月顕《あらは》る。笹を鋪《しき》、篠を枕として臥《ふし》て明《あく》るを待《まつ》。日出《いで》て雲消《きゆ》れば湯殿に下《くだ》る。

谷の傍《かたはら》に鍛《か》冶《ぢ》小屋《ごや》と云有《いふあり》。此《この》国の鍛冶《だんや》、霊水を撰《えらび》て爰《ここ》に潔斎《けつさい》して釼《つるぎ》を打《うち》、終《つひに》月山と銘を切《きつ》て世に賞せらる。彼龍泉《かのりようせん》に剣《つるぎ》を淬《にらぐ》とかや、干将《かんしやう》、莫耶《ばくや》のむかしをしたふ。道に堪能《かんのう》の執《しふ》あさからぬ事しられたり。

岩に腰かけてしばしやすらふほど、三尺ばかりなる桜のつぼみ半《なか》ばにひらけるあり。ふり積《つむ》雪の下に埋《うづもれ》て春を忘れぬ遅ざくらの花の心わりなし。炎天の梅花爰《ここ》にかほるがごとし。行尊《ぎやうそん》僧正の哥爰に思ひ出《いで》て猶哀《なほあはれ》もまさりて覚ゆ。惣而此《そうじてこの》山中の微細《みさい》、行者の法式として他言する事を禁ず。仍《より》て筆をとゞめて記《しる》さず。

坊に帰れば阿闍利《あじやり》の需《もとめ》に依《より》て三山順礼の句々短冊《たんじやく》に書《かく》。

涼しさやほの三か月の羽《は》黒《ぐろ》山《さん》

雲の峰幾つ崩《くづれ》て月の山

語られぬ湯殿にぬらす袂《たもと》かな

湯《ゆ》殿《どの》山《さん》銭ふむ道の泪《なみだ》かな　曾良

つづいて月山。「木綿しめ」は白布で編んだ注連《しめ》、「宝冠」は頭を包む白木綿。芭蕉と曾良は修験道の出で立ちで道案内の強力について登る。

「日月行道の雲関に入かとあやしまれ」とは、まるで太陽や月が運行する天の入り口(雲の関所)に紛れこむかのような気がするというのだ。これは『おくのほそ道』の第三部(出羽と越後)の主題にほかならない。同時に『おくのほそ道』冒頭の文に直結している。

月日は百代の過客にして、行かふ年も又旅人也。

この一文は「日月行道の雲関に入かとあやしまれ」という月山での芭蕉自身の体験をもとに書かれたにちがいない。

山頂にたどり着くと、やがて日は沈み、天上に白い夕月が現れた。六月八日の半月。

/雲 の 峰 幾 つ 崩 て/月 の 山/

炎天にそびえる雲の峰は太古の昔からいくたび興亡を繰り返してきたのだろうか。夕《ゆう》月夜《づきよ》の月山にいると、そんなことが思われる。「月の山」(現実)と「雲の峰幾つ崩て」(心の世界)の取り合わせ。古池型の句。

この句、『おくのほそ道』第一部、日光の次の句とはるかに照らし合っている。

あらたうと青葉若葉の日の光　芭蕉

日光を「日の光」とし、月山を「月の山」とする。月山は「月の山」として歌枕とされた。

月の山くもらぬ影はいつとなくふもとの里にすむ人ぞ知る　加賀（『夫木和歌抄』）

芭蕉たちは月山の頂で一夜を明かし、朝、太陽が昇るのを待って湯殿山へ向かった。「谷の傍に鍛冶小屋と云有」からは山頂から少し下ったところにあった鍛冶小屋の話。「彼龍泉に剣を淬とかや」は、龍泉の水で鍛えれば強靭な剣ができるという中国の故事（『史記』）から。「淬」は焼けた剣を冷たい水に入れて鍛えること。「干将、莫耶」は古代中国の名高い刀匠夫妻である（『荀子《じゅんし》』）。

「岩に腰かけてしばしやすらふほど」からは、山中で見た遅桜の話。「炎天の梅花」は超自然現象のたとえ。「雪裏《せつり》の芭蕉　摩詰《まきつ》が画、炎天の梅蘂《ばいしん》　簡斎《かんさい》が詩」（『禅林句集』）から引いている。摩詰は唐の詩人、画家でもあった王維、簡斎は宋の詩人、陳与義《ちんよぎ》。名人はこの世にありえないものを出現させるというのだ。

行尊僧正《ぎょうそん》は平安時代末期の天台宗の高僧、その歌は吉野山の奥、大峯山で詠んだ歌。

もろともにあはれと思へ山ざくら花よりほかに知る人もなし　行尊（『金葉集』）

湯殿山は中腹にあるお湯を噴き出す赤い巨岩をご神体としている。それが男女の秘部にも似ているので、ここで見聞きしたことは昔も今も他言禁止。そこで、月山の「月の山」に対して湯殿山は「恋の山」として歌枕とされた。

こひの山しげきを笹の露わけて入初《いりそ》むるよりぬるゝ袖かな

藤原顕仲《あきなか》（『新勅撰集』）

／語られぬ湯殿にぬらす袂かな／

他言無用の湯殿山の神秘。その感動の涙で濡れたこの袂をごらんください。一物仕立て。

次に曾良の句、

／湯殿山／銭ふむ道の泪かな／

湯殿山の参道に散らばった、拾う人もいない賽銭を踏んでゆくうちに感動の涙がこみ上げてきました。句中の切れのある一物仕立て。

芭蕉と曾良の湯殿山の句には季語らしい季語はないが、季題（一句の主題）は湯殿詣《ゆどのもうで》（夏）。

【現代語訳】

六月八日、月山に登る。木綿しめを身に引きかけ宝冠に頭を包み、強力という者に導かれて雲霧山気のなか氷雪を踏んで登ること八里、まさに太陽や月のめぐる宇宙空間（日月行道の雲間）に入るかと怪しまれ、息絶え身凍えて山頂に至ると、太陽は没して月が現れる。笹を敷き篠を枕にして臥して明けるのを待つ。太陽が出て雲が消えたので湯殿山に下る。

谷の傍に鍛冶小屋というのがある。この国の鍛冶師が霊水を選び、ここに潔斎して剣を打ち、ついに月山と銘を切って世に賞賛される。かの龍泉で剣を鍛える（淬ぐ）とかいう干将、莫耶の昔を慕う。この道を極める浅からぬ執念が知られた。

岩に腰掛けてしばし休むうちに、三尺ばかりの桜の莟が半ば開きかけているのがある。降り積む雪の下に埋もれて春を忘れぬ遅桜の心は切ない。(陳与義の詩の)炎天の梅花がここに香るかのようだ。行尊僧正の歌をここに思い出して、いよいよあわれも勝って思われる。

総じてこの山中での子細、行者の方式として他言することを禁じる。よって筆を止めて記さない。

(羽黒山南谷の)宿坊に帰ると会覚阿闍梨の求めによって三山巡礼の句を短冊に書く。

涼しさやほの三か月の羽黒山

なんと涼しい——
ほのかに三日月の光る
羽黒山は

雲の峰幾つ崩て月の山

雲の峰は
いくつ崩れたか——
月下の月山

語られぬ湯殿にぬらす袂かな

語るわけにゆかぬ
湯殿山で濡らした

この袂で祭してくれ

湯殿山銭ふむ道の泪かな　曾良

湯殿山へ――
賽銭を踏んで登る道に
涙を落とした

鶴岡、酒田

羽黒を立《たち》て鶴が岡の城下、長山氏重行《ぢゆうかう》と云《いふ》物のふの家にむかへられて誹諧一巻有。
左吉も共に送りぬ。
川舟に乗《のつ》て酒田の湊《みなと》に下る。淵庵不玉《ゑんあんふぎよく》と云《いふ》医師《くすし》の許《もと》を宿とす。

あつみ山や吹浦《ふくうら》かけて夕すゞみ

暑き日を海にいれたり最上川

出羽三山の参拝を終えた芭蕉たちは鶴岡城下に入り、長山重行《ながやましげゆき》という武士の客となる。佐吉（図司左吉）も羽黒山からここまで送ってきた。

芭蕉が重行亭で詠んだ句、

めづらしや山を出羽の初茄子《はつなすび》　芭蕉

／めづらしや／山を出羽の初茄子／

お宅でご馳走になるこの初茄子は山を出てきたばかりの私には、何とも珍しく懐かしいものに思える。苦行を終えて山を出た釈迦が村娘の差し出す一椀の乳粥《ちちがゆ》を喜んだように。句中の切れのある一物仕立て。

出羽は歌枕。

類《たぐひ》なき思ひいではの桜かなうすくれなゐの花のにほひは　西行（『山家集』）

芭蕉は「めづらしや」の句を『おくのほそ道』に入れなかったが、これを発句として重行亭で歌仙を巻いた。その最初の四句。

めづらしや山をいで羽の初茄子　芭蕉
　蟬に車の音添《そゑ》る井戸　重行
絹《きぬ》機《はた》の暮閙《いそが》しう梭《をさ》打《うち》て　曾良

閏弥生《うるうやよひ》もすゑの三ケ月　露丸

重行の脇、その初茄子は蟬の鳴く日中、車井戸で水を汲んで冷しておきました。曾良の第三、夕暮れてからも忙しく機を織る音も聞こえてきます。にぎやかなご城下ですね。露丸の第四句、空には春も終わりの三日月がかかっています。

芭蕉たちは鶴岡から川舟で酒田へ向かい、そこで医者の淵庵不玉《えんあんふぎょく》（伊東玄順）の家に宿を借りた。淵庵は医号、不玉は俳号。

／あつみ山や／吹浦かけて夕すゞみ／

ここ酒田からは海上はるかに南の温海山《あつみやま》も北の吹浦も眺められる。雄大な眺めの夕涼み。「あつみ山や」の「や」は「松島や」「象潟や」などと同じく、いわゆる名所の「や」。暑そうな名の温海山と涼しそうな名の吹浦を取り合わせた。

／暑き日を海にいれたり／最上川／

この句の初案は次のとおり。

涼しさや海に入《いれ》たる最上川　芭蕉

／涼しさや／海に入たる最上川／

ここ酒田で海へ流れ入る最上川を眺めていると、何とも涼しい感じがするというのである。「海に入たる最上川」（眼前の景）と「涼しさや」（心の世界）の取り合わせ。古池型の句だが、これでは「海に入たる最上川」は風景をただ写したにすぎない。

芭蕉はこの句に悠久の宇宙を取りこむために大胆な手を加える。まず「涼しさや」を「暑き日を」に変え、「海に入たる」と結ぶ。

／暑き日を海に入たる最上川／

次に「海に入たる」を「海に入たり」として、逆にここで切った。

／暑き日を海にいれたり／最上川／

こうして初案の取り合わせの句は句中の切れのある一物仕立ての句になる。最上川が暑き日を海に入れたというのだ。驚くべきことに、この切れと結びの切り替えによって、ただの風景の句が宇宙的な句に生まれ変わった。「暑き日」は日本海に沈む太陽であるとともに、その太陽がもたらした暑い一日でもある。最上川がその暑い一日を海へ注ぎこんでいる。

何と大きな句だろうか。立石寺で宇宙の静けさを詠み、羽黒山、月山で月を詠んだ芭蕉は、酒田で海に沈む夕日を眺め、太陽を詠んだ。

【現代語訳】

羽黒を立って鶴が岡の城下、長山重行という武士の家に迎えられて歌仙　巻を巻いた。左吉もともに送ってきた。

川舟に乗って酒田の港に下る。淵庵不玉という医師の家を宿とする。

あつみ山や吹浦かけて夕すゞみ

南に温海山――

北の吹浦もはるかに見える

夕涼みしながら

暑き日を海にいれたり最上川

暑い一日を

日本海に流し入れる――太陽もろとも
最上川は

象潟

江山水陸《かうざんすいりく》の風光数を尽《つく》して、今象潟《きさがた》に方寸を責《せむ》。酒田の湊《みなと》より東北の方《かた》、山を越《こえ》、磯《いそ》を伝ひ、いさごをふみて其《その》際十里、日影やゝかたぶく比《ころ》、汐風《しほかぜ》真砂《まさご》を吹上《ふきあげ》、雨朦朧《もうろう》として鳥海《てうかい》の山かくる。闇中《あんちゆう》に莫作《もさく》して雨も又奇也とせば、雨後《うご》の晴色《せいしよく》又頼母《たのも》敷《しき》と蜑《あま》の苫屋《とまや》に膝をいれて雨の晴《はるる》を待《まつ》。

其朝《そのあした》、天能霽《よくはれ》て朝日花やかにさし出《いづ》る程に象潟に舟をうかぶ。先能因島《まづのういんじま》に舟をよせて三年幽居《いうきよ》の跡をとぶらひ、むかふの岸に舟をあがれば、花の上こぐとよまれし桜の老木《おいき》、西行法師の記念《かたみ》をのこす。

江上《かうしやう》に御陵《みささぎ》あり、神功皇宮《じんぐうこうぐう》の御墓《みはか》と云《いふ》。寺を干満珠寺《かんまんじゆじ》と云。此処《このところ》に行幸《みゆき》ありし事いまだ聞《きか》ず。いかなる故ある事にや。此《この》寺の方丈に座して簾《すだれ》を捲《まけ》ば、風景一眼《いちがん》の中《うち》に尽《つき》て南に鳥海、天をさゝえ、其陰《そのかげ》うつりて江にあり。西はむや〳〵の関、路《みち》をかぎり、東に堤を築《きづき》て秋田にかよふ道遥《はるか》に、海《うみ》北にかまえて浪打入《なみうちいる》所を汐ごしと云《いふ》。

江の縦横《じゆうわう》一里ばかり、俤《おもかげ》松島にかよひて又異なり。松島は笑ふが如く象潟はうらむがごとし。寂しさに悲しびをくはえて地勢魂をなやますに似たり。

象潟や雨に西施《せいし》がねぶの花
汐越《しほごし》や鶴はぎぬれて海涼し

祭礼

象潟や料理何くふ神祭　曾良
蜑《あま》の家《や》や戸板を敷《しき》て夕涼《ゆふすずみ》　みの、国の商人　低耳《ていじ》

岩上に雎鳩《みさご》の巣をみる

波こえぬ契《ちぎり》ありてやみさごの巣　曾良

象潟は酒田の東北、鳥海山の麓にあった潟湖《せきこ》。岩礁で日本海から仕切られた内海に大小の島々が浮かび、「八十八潟、九十九島」といい、西の松島とたたえられた。歌枕である。

世の中はかくても経けり象潟の海士《あま》の苫屋をわが宿にして　能因（『後拾遺集』）

ところが、文化元年（一八〇四年）六月四日夜、出羽を襲った象潟付近を震源とする

直下型の大地震で地盤が二メートル以上も隆起、かの麗しい潟湖は一夜のうちに陸地となって消え失せた。芭蕉と曾良がここを訪れてから百十五年後のことである。「江山水陸の風光数を尽して、今象潟に方寸を責」。さまざまな美しい風景を眺めてきたが、今度は象潟に詩心を凝らすことになった。ここにたどり着いたときは雨。芭蕉たちは夕暮れの雨に煙る象潟を見た。

ここは蘇東坡《そとうば》が西湖を詠んだ詩を下敷きにしてつづられる。西湖は中国杭州の西にある湖。

西湖　　蘇東坡

水光瀲灔《れんえん》として晴れて偏《ひとえ》に好し
山色朦朧《もうろう》として雨も亦《また》奇なり
若《も》し西湖を把《と》って西子《せいし》に比せば
淡粧濃抹両《ふたつ》ながら相宜《よろし》からむ

この詩の中の「西子」は中国春秋戦国時代の美女、西施。「闇中に莫作して」は戦国時代の天龍寺の僧、策彦周良《さくげんしゅうりょう》（一五〇一―七九）が西湖で詠んだ詩の引用。

晩に西湖を過ぐ　　策彦周良

余杭門外日将《まさ》に晡《く》れんとす
多景朦朧として一景無し
雨奇晴好《うきせいこう》の句を諳《そら》じ得て
暗中模索して西湖を識《し》る

「雨奇晴好の句」とは蘇東坡の詩「西湖」をさしている。

翌朝は晴れた。早速、舟を浮かべ、島々をめぐる。能因島は能因が「世の中は」の歌を詠んだ島。

「「花の上こぐ」とよまれし桜の老木」とあるのは西行桜と呼ばれていた桜のこと。「花の上こぐ」の歌は次の歌。

象潟の桜は波に埋もれて花の上漕ぐあまの釣り舟　　（『継尾集』）

作者不明の歌だが、古くから西行がこの桜を詠んだ歌とされてきた。

水辺に神宮皇后の墓がある。その寺が干満珠寺（蚶満種寺、現在の蚶満寺）。象潟に行幸されたなど聞いたこともなく、なぜ、ここに墓があるのだろう。

象潟の「きさ」は赤貝の古名。漢字をあてれば「蚶」。蚶満種寺の名もこの貝に由来している。

「此寺の方丈に座して簾を捲ば」からは蚶満寺からの象潟の眺め。「むやくの関」は歌枕。「ふやふやの関」「うやむやの関」「もやもやの関」「いなむやの関」ともいう。


すくせ山なほいなむやの関をしも隔てて人にねをなかすらん

源俊頼（『夫木和歌抄』）

「俤松島にかよひて、又異なり。松島は笑ふが如く、象潟はうらむがごとし。寂しさに悲しびをくはへて、地勢魂をなやますに似たり」。「うらむ」は憂いを含んでいること。「魂をなやますに似たり」は「魂をなやますに（美女に）似たり」ということ。

芭蕉はここで象潟を松島と対比して描く。これは松島と象潟の景色が似ているからだけではない。『おくのほそ道』の構成上、この二つは恰好の題材だからだ。奥羽山脈をはさんで太平洋側に松島があり、日本海側に象潟がある。これは歌仙でいえば、初折の裏に松島があり、名残の表に象潟があることになる。まるで鏡の前の美女と鏡に映るその幻のように二つの多島海が向かい合う。

／象　潟　や／雨　に　西　施　が　ね　ぶ　の　花／

「象潟や」の「や」は名所の「や」。「雨に西施がねぶの花」は合歓《ねむ》の花が雨に濡れて、まるで西施が眠っているように美しい。

越王勾践《こうせん》は呉王夫差《ふさ》に西施を献上、その容色に溺れた夫差のすきを狙って呉を滅ぼした。『荘子《そうじ》』によれば、西施が病の胸に手を当てて眉をひそめる姿を美しいと思った村の女がそれをまねて、みんなに恐がられたという。

この句は象潟（眼前の景）に西施の面影を重ねた合歓の花（心の世界）を取り合わせた古池型の句である。

／汐　越　や／鶴　は　ぎ　ぬ　れ　て　海　涼　し／

「汐越や」の「や」も名所の「や」。「海北にかまえて浪打入る所を汐ごしと云」とあるとおり、汐越は日本海の潮が象潟に流れ入る浅瀬。そこに降り立つ鶴の足は潮に濡れて涼しそうだ。汐越（眼前の景）に鶴の足が波に打たれているところ（眼前の景）を取り合わせた。

次は曾良の句、

／象　潟　や／料　理　何　く　ふ　神　祭／

「祭礼」と前書がある。この日、熊野権現の夏祭だった。象潟（眼前の景）と「料理何くふ神祭」（心の世界）を取り合わせた古池型の句。いったいどんな料理を食べるのだろうというのだ。

次に登場する低耳《ていじ》は注記のとおり美濃の商人。

／蜑　の　家　や／戸　板　を　敷　て　夕　涼／

意味は「蜑の家は戸板を敷て夕涼」と同じ。漁師の家では板戸を敷いて夕涼みをしている。句中の切れのある一物仕立て。

ふたたび曾良の句、

／波　こ　え　ぬ　契　あ　り　て　や／み　さ　ご　の　巣／

前書のとおり、岩上にミサゴの巣を見つけての一句。末の松山の歌を踏まえる。

契りきなかたみに袖をしぼりつゝ末の松山波こさじとは　清原元輔（『後拾遺集』）

ミサゴは鷹の仲間。海岸の崖や大木に巣をかける。そんなところに巣をかけて、ミサゴの夫婦は「波越さじとは」の固い契りを結んでいるのだろうか。句中の切れのある一物仕立て。季語は水鳥《みずとり》の巣（夏）。

【現代語訳】

江山水陸の風光を数々見て、いま象潟に詩心を砕く（方寸を責）。酒田の港から東北の方、山を越え、磯を伝い、砂を踏んで、その間十里、日差しがやや傾くころ、潮風が砂を吹き上げ、雨朦朧として鳥海山が隠れる。（策彦周良の詩のとおり）暗闇に模索して、（蘇東坡の詩のとおり）雨もまた奇なりと雨後の晴色また頼もしいと漁師の苫家に膝を入れて雨が晴れるのを待つ。

翌朝、空はよく晴れて朝日が華やかに射し出るころ、象潟に舟を浮かべる。まず能因島に舟を寄せて三年間、隠れ住んだ跡を訪ねて向こう岸に舟を上がれば、花の上漕ぐと詠まれた桜の老木が西行法師の形見として残る。

入江のほとりに御陵があり、神功皇后のお墓という。寺を干満珠寺という。この場所に来られた話はいまだ聞かない。どうしたいわれのあることか。この寺の方丈に座して簾を巻くと、風景は一眼のうちに尽きて南に鳥海山が天を支え、その影が入江に映っている。西はむやむやの関が道を遮り、東に堤を築いて秋田へ通う道はるかにつづき、海は北に構えて波の打ち入るところを汐越しという。

入江の縦横は一里ばかり、面影は松島に通うもののまた異なる。松島は笑うがごとく象潟はうらむがごとし。寂しさに悲しみを加えて地勢は魂を悩ませるかのようだ。

象潟や雨に西施がねぶの花

象潟よ――雨に濡れて
西施さながらの
合歓の花

汐越や鶴はぎぬれて海涼し

汐越はるかに――
鶴の足は波に濡れて
海の涼しさよ

祭礼

象潟や料理何くふ神祭　　曾良

象潟よ——
料理は何を食べるのか
神の祭礼の日

蜑の家や戸板を敷て夕涼　　美濃の国の商人　低耳

漁師の家は——
戸板を敷いて
夕涼み

　岩上に雎鳩の巣をみる

波こえぬ契ありてやみさごの巣　　曾良

愛あるかぎり波は越えないと
夫婦の誓いを交わしたか——
ミサゴの巣は

越後路

酒田の余波《なごり》日を重《かさね》て北陸道《ほくろくだう》の雲に望《のぞむ》。遥々《えうえう》のおもひ胸をいたましめて、加賀の府まで百卅里《ひやくさんじふり》と聞《きく》。鼠《ねず》の関をこゆれば越後の地に歩行《あゆみ》を改《あらため》て、越中の国一《いち》ぶりの関に到る。此間九日《このかん》、暑湿の労に神《しん》をなやまし、病おこりて事をしるさず。

文月《ふみづき》や六日《むいか》も常の夜には似ず

荒海《あらうみ》や佐渡《さど》によこたふ天河《あまのがは》

「北陸道の雲に望」とは、はるか北陸道にかかる雲をめざして進む。やがて出羽と越後の国境、鼠ヶ関（念珠が関）を越えて越後に入った。

越後の旅は簡潔に記される。しかし、ここは『おくのほそ道』の中で重要な位置を占める。出羽の国で宇宙の静けさを知り、月や太陽を間近に眺めた芭蕉は、ここ越後で天上の星々と出会うことになる。ちょうど季節は夏が去って秋の初め。大気は澄みはじめ、銀河がさやかに見える季節に移っていた。

／文月や／六日も常の夜には似ず／

文月七月六日、直江津《なおえつ》での句。あす七日は彦星と織姫が年に一度、天上でめぐり合う七夕だが、今宵の空もいつもの夜とはちがって、どことなくときめく感じがする。意味は「文月は六日も常の夜には似ず」と同じ。七夕が星たちの恋なら、「六日も常の夜には似ず」には恋の匂いがある。句中の切れのある一物仕立て。

／荒海や／佐渡によこたふ天河／

「文月や」の句より早く七月四日、出雲崎で詠まれた句。何という荒海、その沖に浮かぶ佐渡へと天の川が白々と横たわっている。佐渡は順徳院、世阿弥をはじめ多くの文人たちが流された島。「荒海や」と「佐渡によこたふ天河」、どちらも眼前の景の取り合わせ。

この句は酒田で詠んだ「暑き日を」の句と同じく、切れと結びの切り替えによって生まれた句ではなかったか。

／荒海に佐渡よこたふや／天河／

「荒海に佐渡よこたふや」と「天河」、どちらも眼前の景同士の取り合わせだが、これではただの風景描写の句である。

そこで、まず「荒海に」を「荒海や」としてここでいったん切り、次いで「佐渡よこたふや」を「佐渡によこたふ」と変えて「天河」と結ぶ。この切れと結びの切り替えによって、ただの風景句が天の川を包みこむほどの宇宙的な句に生まれ変わった。

【現代語訳】

酒田でなごりを惜しむうちに日を重ねて、北陸道の雲に望む。はるかな思いが胸を痛ませ、加賀の国府（金沢）まで百三十里と聞く。鼠ヶ関を越えると越後の地に歩みをあらためて越中の国市振の関に至る。この間九日、暑さと雨に苦労して心気をすり減らし、病が起こったので道中のことを記さない。

文月や六日も常の夜には似ず

あすは文月七夕——星の恋に
今宵六日の夜もはや
ときめいている

荒海や佐渡によこたふ天河

荒海よ——織姫と彦星が
佐渡を枕に横たわるかのようだ
今宵の天の川は

不易流行について

これで『おくのほそ道』第三部（出羽と越後）を読み終えた。ここで、この章の初めに約束した不易流行についてみておこう。

不易流行の不易は永遠に変わらないもの、流行は時とともに変わるもの。芭蕉は元禄二年（一六八九年）九月、『おくのほそ道』の旅を終えるが、その年の十二月、京の去来に初めて不易流行を説いた。「この年の冬、初めて不易流行の教へを説き給ふ」（『去来抄』）。

最初に伝授された去来は芭蕉の不易流行を次のように伝える。

蕉門に千歳不易《せんざいふえき》の句、一時流行の句と云有り。是を二つに分《わけ》て教へ給へる。其元《そのもと》は一つ也。不易を知らざれば基たちがたく、流行を知らざれば風新らたならず。不易は古によろしく、後に叶ふ句成故、千歳不易といふ。流行は一時〳〵の変にして、昨日の風今日宜《よろ》しからず、今日の風明日に用ゐがたき故、一時流行とはいふ。はやる事をする也。（『去来抄』）

ここで去来は、不易、流行と分けていうけれど、「其元は一つ也」という。ところが、この不易と流行は対立する別個のものと勘違いされてきた。不易は永遠不変のもの、流行は刻々と変わるもの。ならば、流行は軽薄であるから不易の句を詠まなくてはならないとか、不易は活気に乏しいから流行の句のほうがいいとか、まるで不易の句、流行の句というものがあるかのように。

このような誤解を生む原因の一つは、不易、流行という言葉自体が何やら対立し合うもの同士のような印象を与えるところにある。もう一つの原因は、去来にかぎらず、不易流行を後世に伝えた弟子たちの書き方にあるだろう。

ここに引用した『去来抄』を読むとわかるとおり、去来は芭蕉の不易流行を俳句論として書いた。もし、不易流行が俳句論であれば、不易の句、流行の句があることになる。それを「其元は一つ也」といっても、不易の句と流行の句がなぜ「其元は一つ」なのか、なかなか理解しがたい。

しかし、芭蕉が考えた不易流行は何よりもまず一つの宇宙観であり、人生観だった。人は生まれ、大きくなり、子どもを生んで、やがて死ぬ。時の流れに浮かんでは消えてゆく人というものの姿を人としてとらえれば、この宇宙は変転きわまりない流行の世界である。

ところが、変転する宇宙を原子や分子のような塵の次元でとらえなおすと、人の生死は塵の集合と離散に過ぎない。あるとき、塵が集まって人が現れ、またあるとき、塵が散らばって人が消える。これは一見、流行の世界のようだが、この塵自体は減りもしなければ増えることもない。まさに流行にして不易の世界である。芭蕉のいうとおり「其元は一つ」なのだ。

人の生死にかぎらず、花も鳥も太陽も月も星たちもみなこの世に現れては、やがて消えてゆくのだが、この現象は一見、変転きわまりない流行でありながら実は何も変わらない不易である。この流行即不易、不易即流行こそが芭蕉の不易流行だった。

芭蕉は『おくのほそ道』の旅の間に不易流行を生み出したといわれるが、では『おくのほそ道』の旅の何が芭蕉に不易流行をもたらしたかといえば、「日月行道の雲関に入かとあやし」んだ出羽と越後での宇宙的な体験を除いてほかにないだろう。

閑《しづか》さや岩にしみ入《いる》蟬の声　(立石寺)
涼しさやほの三か月の羽黒山　(羽黒山)
雲の峰幾《いく》つ崩《くづれ》て月の山　(月　山)
暑き日を海にいれたり最上川　(酒　田)
文月《ふみづき》や六日も常の夜には似ず　(直江津)
荒海や佐渡によこたふ天河《あまのがは》　(出雲崎)

芭蕉は立石寺で宇宙の静けさに気づき、羽黒山、月山では月を、酒田では太陽を、越後の海岸ではきらめく銀河と出会った。宇宙をめぐる天体と向き合いながら、変転きわまりないと見えるこの世界も実は永遠不変であることに気づいたのだ。たえず流れ、移ろいながら、何一つ変わらない。人も花鳥も天体も、みなこの不易なるものが流行する姿なのだ。

去来たちが伝える、俳句には不易の句、流行の句があって「其元は一つ」であるという俳句論はこの宇宙観、人生観の上に立って初めて納得できる。

この不易流行の宇宙観をもとにして、芭蕉は次の第四部の金沢では「かるみ」にたどりつく。もし、『おくのほそ道』の第三部、出羽と越後の旅が欠落していたら、不易流行も「かるみ」も、また「かるみ」にもとづく晩年の名句の数々もこの世に存在しなかっただろう。

第七章　浮世帰り

——市振の関から大垣まで

さまざまな別れ

『おくのほそ道』の旅もいよいよ佳境。この第七章では市振《いちぶり》の関を経て越中、加賀、越前と北陸の各地をたどり、美濃の大垣へ。歌仙でいうと、最終の折である名残の裏。『おくのほそ道』一巻は大垣で結ばれる。

この『おくのほそ道』第四部では芭蕉とさまざまな人々の別れが描かれる。第三部(尿前の関から越後まで)の宇宙的な世界とは打って変わり、極めて人間的な世界が展開する。この章の題を「浮世帰り」としたのはそのためだ。

第四部はまず市振の関の印象的な一夜からはじまる。たまたま宿を同じくした遊女とのつかの間の出会いと別れ。定めない浮世の人と人の別れという『おくのほそ道』最終部の主題を予兆する劇的な一幕である。

市振の一夜は第三部の最後、越後で詠んだ七夕の句、

文月や六日も常の夜には似ず　芭蕉

この恋の匂いを秘める句の余韻を引きながら、『おくのほそ道』の中でもっとも情け

深く、同時にもっとも非情な場面である。

市振での遊女との別れをはじめ、第四部で描かれる別れをあげておこう。

一、遊女との別れ（市　振）
二、一笑《いっしょう》との別れ（金　沢）
三、曾良との別れ（山　中）
四、北枝《ほくし》との別れ（天龍寺）
五、大垣での別れ（大　垣）

『おくのほそ道』の最後、ここ大垣から芭蕉は舟に乗り、揖斐川《いびがわ》を下って伊勢へと向かう。ここは『おくのほそ道』の旅の初めの「千じゆ（千住）と云所にて船をあがれば……」とみごとに対応している。

どちらも彼方から流れてきて彼方へと流れ去る川があり、そこをゆく舟がある。芭蕉たちは舟に乗って登場し、舟に乗って去ってゆく。『おくのほそ道』の旅自体が、大いなる水の流れに浮かんでいるかのようだ。

しかし、旅の初めと終わりに詠まれた二つの句には大きな違いがある。

行《ゆ》く春や鳥啼《なき》魚の目は泪《なみだ》　（千住）
蛤のふたみにわかれ行《ゆく》秋ぞ　（大垣）

この二つの句の比較については、のちほど。

不易流行から「かるみ」へ

『おくのほそ道』一巻はこうして終わる。ここで忘れてならないのは、芭蕉の「かるみ」という考え方が、この『おくのほそ道』第四部、市振の関から大垣までの間に芽生えたことである。これは偶然ではない。

芭蕉はこの第四部で人の世のさまざまな別れと遭遇する。別れとは何かといえば、人生の究極の姿だろう。一口に別れといっても、日常的なしばしの別れから決定的な生き別れ、死に分かれまでいくつもの形がある。しかし、こうしたいくつもの別れはすべて人生の小さな一こまの、あるいは、大きな時代の帰結なのだ。

人生には悲しい別れの一方で喜ばしい出会いがあるが、すべての出会いは別れで終わる。どんなに仲むつまじい親子も夫婦も友人も、やがて別れの日がくる。たとえ喧嘩別れをしなくても、いつの日か、白ずくめの死が二人の間にまるで媒酌人のように腰をおろしているだろう。まさしく会うは別れの初め。それに対して、別れは出会い、つまり再会で終わるとはかぎらない。別れはしばしば永遠につづく。人生は結局、別れ、この一事に尽きるのだ。

さまざまな悲しい別れの降りかかってくる人生を人はどのようにすれば耐えることができるか。芭蕉が『おくのほそ道』の第四部で直面したのはまさにこの大問題だった。そのとき、芭蕉の胸に芽ばえたのが「かるみ」にほかならない。

『おくのほそ道』第三部で芭蕉は太陽が輝き、月が照り、星たちのまたたく宇宙の世界を通ってきた。そこで生れたのが不易流行の考え方である。この宇宙は一見、変転極まりない流行の世界に見えながら、実は何一つ失われることのない不易の世界である。流行こそ不易であり、不易こそ流行。

この宇宙の姿を人の世に重ねたとき、見えてきたもの、それが「かるみ」だった。人生はたしかに悲惨な別れの連続だが、それは流行する宇宙の影のようなものである。そうであるなら、流行する宇宙が不易の宇宙であるように、悲しみに満ちた悲惨な人生もこの不易の宇宙に包まれているだろう。

そう気づいたとき、芭蕉は愛する人々との別れを、散る花を惜しみ、欠けてゆく月を愛でるように耐えることができたのではなかったか。これこそが「かるみ」だった。

このように「かるみ」は不易流行と密接なかかわりがある。そして、不易流行がそうだったように、「かるみ」もまた俳句論である前に人生観だった。この「かるみ」という人生観が『おくのほそ道』以降、芭蕉晩年の俳句に抜き差しならぬ影響を及ぼしてゆくことになる。

では、秋の初めの市振の宿へ。芭蕉と曾良の隣の部屋から、二人の遊女と老人の声が聞こえてくる。

市振の関

今日は親しらず、子しらず、犬もどり、駒返《こまがへ》しなど云《いふ》北国一の難所《なんじよ》を越《こえ》てつかれ侍れば枕引《まくらひき》よせて寐《ね》たるに、一間《ひとま》隔《へだて》て面の方に若き女の声、二人計《ふたりばかり》ときこゆ、年老たるおのこの声も交《まじり》て物語するをきけば、越後の国新潟と云所の遊女成《なり》し。伊勢に参宮するとて此《この》関までおのこの送りて、あすは古郷《ふるさと》にかへす文した丶め、はかなき言伝《ことづて》などしやる也。

白波のよする汀《なぎさ》に身をはふらかし、あまのこの世をあさましう下《くだ》りて定めなき契《ちぎり》、日々の業因《ごふいん》いかにつたなしと物云をきく〳〵寐入《ねいり》て、あした旅立《だつ》に我〳〵にむかひて、行衛《ゆくゑ》しらぬ旅路のうさ、あまり覚束《おぼつか》なう悲しく侍れば見えがくれにも御跡《おんあと》をしたひ侍《はべら》ん。衣の上の御情《おんなさけ》に大慈のめぐみをたれて結縁《けちえん》せさせ給へと泪《なみだ》を落《おと》す。

不便《ふびん》の事にはおもひ侍れども、我〳〵は所々にてとゞまる方おほし。只《ただ》、人の行《ゆく》にまかせて行《ゆく》べし。神明《しんめい》の加護、かならず恙《つつが》なかるべしと云捨《いひすて》て出《いで》つゝ、哀《あはれ》さしばらくやまざりけらし。

一《ひとつ》家《や》に遊女もねたり萩《はぎ》と月

曾良にかたれば書《かき》とゞめ侍る。

親不知、子不知、犬戻り、駒返しは市振にいたるまでの渚の難所。隣の部屋から漏れてくる声を聞くともなく聞いていると、どうやらお伊勢参りにゆく新潟の遊女二人と見送りの老人らしい。遊女たちはあす新潟に帰る老人に手紙や言づてをあれこれ託しているようだ。

「白波のよする汀に身をはふらかし、あまのこの世をあさましう下りて、定めなき契、日々の業因いかにつたなし」は遊女たちの嘆き。『和漢朗詠集』にある遊女の歌を踏まえる。

白浪のよするなぎさによをすぐす海人《あま》の子なればやどもさだめず

遊女（『和漢朗詠集』）

「白波のよする汀に身をはふらかし」は、波の寄せる渚にわが身をうち捨て。親知らず、子知らずなど数々の難所のある越後の海岸。「あまのこの世をあさましう下りて」は、波に舟を浮かべて漂う漁師のようによりどころのないこの世に落ちぶれ果てて。「定めなき契」は、夜ごと異なる相手に身を任せ。「日々の業因いかにつたなし」は、このような罪深い日々を送るようになった前世の因縁はどんなにひどいものだったのだろう。

翌朝、遊女たちは芭蕉に「伊勢まで一緒に旅をさせてほしい」と頼む。『おくのほそ道』の最後に「長月《ながつき》六日になれば、伊勢の遷宮《せんぐう》おがまんと、又舟にのりて」とあるとおり、芭蕉たちも伊勢へ向かう予定だった。

「衣の上の御情に、大慈のめぐみをたれて、結縁せさせ給へ」は、墨染めの衣を着ていらっしゃる、その情けによって、仏の大慈大悲の恵みを垂れて、仏縁を結ばせてください。

この遊女たちの切ない願いを芭蕉は断る。「神明の加護、かならず恙なかるべし」とは、お伊勢参りにゆく人は道中、すでに天照大神に守られているというのだ。

／一家に遊女もねたり／萩と月／

取り合わせ。同じ家に遊女とたまたま泊まり合わせた。その宿の庭には萩の花が咲き、その花を月が照らしている。「萩と月」を二人の遊女のことなどと、直接、結びつける解釈は、「一家に遊女もねたり」と「萩と月」の間の切れ＝間を殺してしまう。宿の内と外の景の取り合わせである。

【現代語訳】

今日は親知らず子知らず、犬戻り、駒返しなどという北国一の難所を越えて疲れたので枕を引き寄せて寝ていると、襖一重を隔てた表の部屋に若い女の声、二人ばかりと思われるが、年老いた男の声も交じって語り合うのを聞くと、越後の国新潟というところの遊女だった。伊勢神宮に参宮すると、この関まで男が送って、あすは故郷へ返す手紙をしたため、たわいない言伝などしている。

白波の寄せる渚に身を放り出し、海女の子さながらの境遇に見る影もなく落ちぶれて夜ごとのはかない契り、日々の罪業の因縁どれほど拙いかとものをいうのを聞きつつ寝入り、朝旅立つに我々に向かって、行方知らぬ旅路の辛さ、あまりに心細く悲しいので見え隠れにも跡を慕ってゆきたい。お坊さまの衣のお情で大慈の恵みをたれて仏縁を結んでくださいませと涙を落とす。

不憫なこととは思うが、我々は所々で留どまるところが多い。ただ人の行くに任せて行きなさい。神のご加護きっと恙ないはずと言い捨てて出ながらも、哀れさがしばし胸を去らなかった。

一家に遊女もねたり萩と月

一つの家に
遊女も寝ている――
外は萩の月夜

曾良に語ると書き留めた。

越中路

くろべ四十八が瀬とかや、数しらぬ川をわたりて那古《なご》と云浦《いふ》に出《いづ》。担籠《たご》の藤浪《ふぢなみ》は春ならずとも初秋《はつあき》の哀《あはれ》とふべきものをと人に尋《たづぬ》れば、是《これ》より五里いそ伝ひして、むかふの山陰にいり、蜑《あま》の苫《とま》ぶきかすかなれば蘆《あし》の一夜の宿かすものあるまじといひをどされて、かゞの国に入《いる》。

わせの香や分《わけ》入《いる》右は有磯《ありそ》海《うみ》

黒部四十八が瀬は黒部川の河口がいくすじにも分かれているところ。
那古は歌枕。

あゆの風《かぜ》いたく吹くらし奈呉《なご》の海人《あま》の釣する小舟漕《こ》ぎ隠《かく》る見ゆ

大伴家持（『万葉集』）

担籠は藤の歌枕。

たこの浦の底さへにほふ藤浪をかざして行かん見ぬ人のため

柿本人麻呂（『拾遺集』）

さて、芭蕉の句、

／わ せ の 香 や／分 入 右 は 有 磯 海／

句中の切れのある一物仕立て。意味は「わせの香に分入右は有磯海」と同じ。有磯海は歌枕。

かくてのみありその浦の浜千鳥よそになきつゝ恋ひやわたらむ

よみ人しらず（『拾遺集』）

この歌のとおり、有磯海は恋にかかわる歌枕だった。芭蕉の句は表立って恋の気配など微塵もないが、有磯海という歌枕によって恋の名残りを漂わせている。早稲の香に分け入ってゆくと、恋の歌に詠まれた青い有磯海がはるか右に見える。

市振の宿で詠んだ「一家に」の句と並べると、いよいよ明らかだろう。

一家に遊女もねたり萩と月
わせの香や分入右は有磯海

「わせの香や」の句は市振の一夜、さらには越後の直江津で詠んだ星たちの恋の句をほのめかしながら、早稲の熟れる初秋の海辺の景へと爽やかに転じている一句だ。

【現代語訳】

黒部四十八が瀬というとか、数しれぬ川を渡って那古という浦に出る。担籠の藤浪は春でなくとも初秋の見所といってもいいものもあるだろうと人に尋ねると、ここから五里、磯伝いして向こうの山のかげに入り、ただ漁師の小屋がちらほらあるだけなので蘆の一夜の宿を貸す者などないだろうと脅かされて加賀の国に入る。

わせの香や分入右は有磯海

早稲の香よ——
分け入る右手はるかにきらめく
有磯海よ

金沢、小松

卯《う》の花山《はなやま》、くりからが谷をこえて金沢は七月中《なか》の五日也。爰《ここ》に大坂よりかよふ商人何処《かしよ》と云《いふ》者有。それが旅宿をともにす。

一笑と云《いふ》ものは此《この》道にすける名のほの〴〵聞《きこ》えて世に知人《しるひと》も侍《はべり》しに、去年《こぞ》の冬早世《さうせい》したりとて其《その》兄追善《ついぜん》を催すに、

塚《つか》も動け我《わが》泣《なく》声は秋の風

ある草庵にいざなはれて

秋涼し手毎《てごと》にむけや瓜茄子《なすび》

途中唫《ぎん》

あか〳〵と日は難面《つれなく》もあきの風

小松と云所《いふ》にて
しほらしき名や小松吹《ふく》萩《はぎ》すゝき

卯の花山は歌枕。

かくばかり雨の降らくにほととぎす卯の花山になほか鳴くらむ
柿本人麻呂（『万葉集』）

倶利伽羅《くりから》が谷は源平の古戦場。都へ攻め上る木曾義仲軍は倶利伽羅峠で向かい合った平家の大軍を、夜、前後から鬨《とき》の声を立てて驚かし、谷底へ追い落とす。「倶利伽羅落とし」として名高い合戦である。

芭蕉たちが金沢に入ったのは「七月中の五日」七月十五日。お盆の日だった。ここで芭蕉たちは大坂の商人、何処《かしょ》と同じ宿に泊まる。第三部の象潟では美濃の商人、低耳が登場したが、ここで大坂の何処が出てくると、いよいよ上方近くまできた、この旅も終わり近いという感じがする。

一笑（小杉新七、通称茶屋新七）は金沢の葉茶屋の若き主だった。葉茶屋とは抹茶に対して葉茶を売る店。ここにあるとおり、一笑の俳句熱心は芭蕉の耳にもほのかに聞こえ、俳諧の仲間も少なくなかった。

花の雨笠あふのけて着て出む　一笑
さひしさに壁の草摘む五月哉
路の子に蜻蛉《かげろふ》もらふ手向《たむけ》かな

ところが、芭蕉は一笑と会うのを楽しみにしていたのに、一笑は前年の冬、若くして亡くなっていた。これが『おくのほそ道』第四部で芭蕉が体験した第二の別れ。この日、七月十五日は一笑の初盆に当たる。そこで一笑の兄、丿松《べっしょう》が追善の句会を開いた。

そこで詠んだ芭蕉の句、

／塚も動け／我泣声は秋の風／

君の墓前で私は秋風のようにすすり泣いているという悲惨な現実と「塚も動け」という激しい衝動の取り合わせ。古池型の慟哭の句である。

／秋涼し／手毎にむけや瓜茄子／

斎藤一泉《いっせん》という人の玄松庵での句。「手毎にむけや瓜茄子」という眼前の景と「秋涼し」という心の世界の取り合わせ。古池型の句である。「手毎にむけや」と「瓜茄子」の間にも小さな切れがある。

次の句の前書「途中唫」は金沢から小松へ向かう途中での吟ということ。

／あか〳〵と日は難面も／あきの風／

情け容赦なく照りつける太陽と秋風の取り合わせ。どちらも現実の景。

／しほらしき名や／小松吹萩すゝき／

小松とはしおらしい名だなあ。その町の名のとおり、小さな松を吹きわたる秋風が萩も薄も揺らしている。句中の切れのある一物仕立て。

【現代語訳】

卯の花山、俱利伽羅が谷を越えて、金沢は七月十五日（盆の中日）である。ここに大坂から通う商人何処という者がいる。かれの旅宿をともにする。

一笑という者はこの道に熱心という評判がほのぼのと聞こえて世間にはその名を知る人もいたのに、去年の冬、若死にしたとのことで、その兄が追善を催すに、

　塚も動け我泣声は秋の風

　　墓よ動け──
　　私の泣く声は
　　秋風だ

　ある草庵に誘われて

　秋涼し手毎にむけや瓜茄子

　　涼しい秋だ──さあ
　　手ごとに剝こう
　　瓜も茄子も

　小松へ向かう途中での作

　あか〳〵と日は難面もあきの風

　　あかあかと容赦なく
　　太陽が顔に照りつける──

ああ秋風よ
小松というところで
しほらしき名や小松吹萩すゝき
小松とはしおらしい名——
その小松を吹く風に
萩も薄もそよいでいる

多太神社

此所《この》太田《ただ》の神社に詣《まうづ》。真盛《さねもり》が甲《かぶと》、錦《にしき》の切《きれ》あり。往昔《そのかみ》源氏に属せし時、義朝《よしとも》公より給《たま》はらせ給《たまふ》とかや。げにも平士《ひらさぶらひ》のものにあらず。目庇《まびさし》より吹返《ふきがへ》しまで菊から草のほりもの金《こがね》をちりばめ、龍頭《たつがしら》に鍬形打《くはがたうつ》たり。真盛討死の後《のち》、木曾義仲願状《ぐわんじやう》にそへて此社《このやしろ》にこめられ侍《はべる》よし、樋口《ひぐち》の次郎《じらう》が使《つかひ》せし事共《ども》、まのあたり縁記《えんぎ》にみえたり。

むざんやな甲《かぶと》の下のきりぐ〳〵す

斎藤実盛《さねもり》（真盛）はもともと源氏方の武将だった。保元、平治の乱では源義朝に従い、平治の乱で敗れて東国へ落ちのびようとした義朝が比叡山の荒法師に待ち伏せされたとき、一計をもって窮地を救った。その後、母方の縁で平家に仕えることになり、長井（武蔵国播羅郡《はらぐん》）にあった平家の荘園の別当（荘園長）になった。そこで「長井の斎藤別当実盛」と呼ばれる。

おりしも巻き起こった源平の争乱での実盛の最期は『平家物語』に詳しい。倶利伽羅峠で木曾義仲軍に大敗し、押し戻された平家軍は加賀の篠原に引き、ここで義仲軍を迎え撃とうとしたが、ここでも惨敗。敗走する平家方の軍勢に実盛の姿もあった。

実盛は七十歳を超す白髪の老人だったが、「老武者とて人の侮《あなど》らんも、くちをしかるべし」と、白髪を黒く染め、「赤地《あかぢ》の錦の直垂《ひたたれ》に、萌葱縅《もよぎをどし》の鎧着て、鍬形《くはがた》打つたる甲《かぶと》の緒をしめ、金《こがね》作りの太刀を帯《は》き、二十四さいたる切斑《きりふ》の矢負ひ、滋籐《しげどう》の弓持つて、連銭《れんぜん》葦毛《あしげ》なる馬に金覆輪《きぶくりん》の鞍置いて乗つたりける」という若武者の出で立ちで出陣していた。

しかし、実盛はあっけなく義仲方に討ち取られてしまう。目の前に引き出された首に義仲は見覚えがあった。赤ん坊のころ、父が討たれたとき、しばらく実盛のもとで養われたことがあったのだ。だが、そのころすでに「白髪の糟生《かすふ》」白髪まじりだったので今なら真っ白のはずなのに髪が黒々としているのが解せない。

そこで、義仲は乳兄弟の樋口次郎兼光《かねみつ》を呼んで、首を検分させる。「樋口次郎たゞ一目見て、「あな無慚、斎藤別当にて候ひけり」とて、涙を流す」。兼光のいうとおり、その首を水で洗うと、白髪の実盛の顔が現れる。

小松の多太神社（太田の神社）には、義仲が兼光に奉納させた実盛の兜と錦の切れが今も保管されている。「目庇」は兜の前方の庇、「吹返し」は左右の耳のところで後ろへ反り返してある部分。

芭蕉の句、兼光が実盛の首を見るなり口走った「あな無慚」をそのまま取り入れる。

／むざんやな／甲の下のきり〴〵す／

芭蕉が「むざんやな」と嘆くのは「甲の下のきり〴〵す」ではなく、この言葉を吐いた兼光がそうだったように、若武者を装って出陣した実盛の最期である。「きり〴〵す」は芭蕉の嘆きのきっかけにすぎない。この句は「甲の下のきり〴〵す」が無慚であるという一物仕立ての句ではなく、「甲の下のきり〴〵す」という眼前の景と「むざんやな」という芭蕉の思いの取り合わせの句なのだ。

ここで芭蕉は実盛の兜を目の当たりにし、その下で鳴くコオロギ（きり〴〵す）の声を聞いて、『平家物語』に記される兜の主の無慚な最期を思い起こした。この句は蛙が水に飛びこむ音を聞いて古池の面影を思い浮かべた古池の句と同じ構造。典型的な古池型の句である。

【現代語訳】
このところの太多神社に詣でる。斎藤実盛の兜と錦の切れがある。その昔、源氏に属したとき、源義朝公より賜られたとか。まことに平侍のものではない。目庇から吹き返しまで菊唐草の彫りものに黄金をちりばめ、龍頭に鍬形が打ってある。実盛討ち死ののち、木曾義仲が願書に添えて、この神社に奉納されたということ、樋口次郎が使者をしたことなど、まざまざと縁起に記されている。

むざんやな甲の下のきり〴〵す

なんと無残な――
兜の下で
コオロギが鳴いている

那谷

山中《やまなか》の温泉《いでゆ》に行《ゆく》ほど白根《しら ね》が嶽《だけ》跡にみなしてあゆむ。左の山際《やまぎは》に観音堂あり。花山《くわさん》の法皇、三十三所の順礼とげさせ給ひて後、大慈大悲の像を安置《あんぢ》し給ひて那谷《なた》と名付《なづけ》給ふと也。那智《なち》、谷組《たにぐみ》の二字をわかち侍《はべり》しとぞ。奇石さま〴〵に古松植《こしようゑ》ならべて、萱《かや》ぶきの小堂、岩の上に造りかけて殊勝の土地也。

石山の石より白し秋の風

『おくのほそ道』では小松を発った芭蕉たちは那谷寺《なたでら》（観音堂）に立ち寄り、山中温泉に向かったことになっているが、実際は小松から山中へ直行し、山中からふたたび小松へ戻る途中、那谷寺を訪ねている。

白山（白根が嶽）は歌枕。

よそにのみ恋ひやわたらむ白山の雪みるべくもあらぬわが身は

凡河内躬恒《おおしこうちのみつね》（『古今集』）

小松から山中へ向かうとき、白山は左前方に見える。「白根が嶽跡にみなして」とは山中から小松へ返すとき、右後方に眺めた白山の印象をまじえて書いている。また、「左の山際に観音堂あり」とあるが、那谷寺があるのはたしかに小松から山中へ向かって左である。ここの記述には小松、山中間を行き来したときの風景の印象が混在している。

那谷寺は奈良時代に創建された真言宗の寺だが、平安時代半ば、花山院が熊野の那智《なち》、美濃の谷汲《たにぐみ》（谷組）から上の一字をとって那谷寺と改めた。那智は観音霊場西国三十三か所の一番札所、谷汲は最後の三十三番札所。岩山の寺である。

／石山の石より白し／秋の風／

芭蕉のこの句の解釈をめぐって、古来、二説が対立している。

一つは「石山」を近江の石山寺とする説。この那谷寺の石は近江の石山寺の石より白い。そこを秋風が吹きわたっている。この解釈では「石山の石より白し」の主語は句の直前の地の文にある那谷寺の石である。この句を「石山の石より白し」と「秋の風」の取り合わせとみるのだ。

もう一つの説は、この句の「石山」を那谷寺のある石山とする。那谷寺の石よりもさらに白い秋風がこのあたりを吹いている。この解釈では「石山の石より白し」の主語は「秋の風」。この句を句中の切れのある一物仕立てとみるわけだ。

取り合わせ説と一物仕立て説。はたして芭蕉はどう考えていたのだろうか。二つの点について考えなくてはならない。

一つは取り合わせとは何かということについて。取り合わせとはAとB、二つの異なることを組み合わせ、その二つの関係で世界を作り出す句の形式だった。もし二つの関係が近すぎれば「付きすぎ」、遠すぎれば「離れすぎ」となり、句は成立しない。秋を白秋というように、秋と白とはきわめて近い関係にある。そこでこの句が「石山の石より白し」と「秋の風」の取り合わせなら、付きすぎの句になってしまう。

もう一つは俳句の切れということについて。あらゆる俳句は句の前とあとで必ず切れる。この句の場合、／で示しているとおり、句中の切れのほか、「石山の」の前と「秋の風」のあとで切れる。何から切れるかといえば、地の文から切れるのだ。

「石山の石より白し」の主語が直前の地の文にあるとする取り合わせ説はこの句の前の切れを無視していることになるだろう。

この二つの点から、「石山の」の句は明らかに一物仕立ての句である。秋風はただでさえ白いのに、ここ那谷寺ではその石山の石よりもっと白い秋風が吹いているというのだ。

【現代語訳】

山中温泉へ行く途中、白根が嶽を後ろに見ながら歩む。左の山のきわに観音堂がある。花山法皇が三十三か所の観音巡礼をとげられたあと、大慈大悲の観音像を安置されて那谷と名づけられたとか。那智、谷汲から二字を分けてとったということだ。奇岩さまざまに老松を植え並べて、茅葺きの小堂を岩の上に造り掛け、霊験あらたかな土地である。

石山の石より白し秋の風

この寺の石山の
石より白い――吹きわたる
秋の風は

山中

温泉《いでゆ》に浴す。其《その》功有間に次《つぐ》と云《いふ》。

山中や菊はたおらぬ湯の匂《にほひ》

あるじとする物、久米之助《くめのすけ》とていまだ小童《せうどう》也。かれが父、誹諧を好《すき》て洛《らく》の貞室《ていしつ》若輩のむかし、爰《ここ》に来《きた》りし比《ころ》、風雅に辱《はづか》しめられて洛に帰《かへり》て貞徳《ていとく》の門人となつて世にしらる。功名の後、此一村判詞《このいつそんはんし》の料を請《うけ》ずと云《いふ》。今更《いまさら》むかし語《がたり》とはなりぬ。

曾良は腹を病《やみ》て、伊勢の国長島と云《いふ》所にゆかりあれば先立《さきだち》て行《ゆく》に、

行《ゆき》〳〵てたふれ伏《ふす》とも萩《はぎ》の原　曾良

と書置《かきおき》たり。行《ゆく》ものゝ悲しみ、残《のこる》ものゝうらみ、隻鳧《せきふ》のわかれて雲にまよふがごとし。

予も又、

今日《けふ》よりや書付《かきつけ》消さん笠《かさ》の露

前半は山中温泉の宿の先代の主のこと。「有間」は摂津の有馬温泉。

／山中や／菊はたおらぬ湯の匂／

菊慈童《きくじどう》の故事を踏まえる。周の穆王《ぼくおう》の寵童が十六歳のとき、罪のため流罪にされるが、菊の花を愛し、その露を飲んで不老不死の身となった。菊慈童は菊を手折っただろうが、ここ山中では菊を手折るまでもなく、効能あらたかな湯の匂いがたちこめている。「山中や」の「や」は名所の「や」。「山中」という眼前の景と「菊はたおらぬ湯の匂」という心の世界を取り合わせた古池型の句である。

芭蕉たちが泊った和泉屋の主、久米之助はのちの甚左衛門（桃夭《とうよう》）。このとき、菊慈童さながら、まだ十四歳の少年だった。

京の俳諧師、貞室《ていしつ》（一六一〇―七三）が若いとき、久米之助の父、又兵衛豊連に俳諧の席で辱めを受けた。そこで、京に帰ると、一念発起して貞徳（一五七一―一六五四）の門人となり、やがて世に知られるようになった。これを又兵衛のおかげとして、貞室はこの山中からは俳諧の添削料をとらなかったという。

後半は『おくのほそ道』の旅の初めからずっと行動をともにしてきた曾良との別れ。これが第三の別れとなる。

曾良はお腹をこわして、伊勢の長島の知り合いのもとへと先に旅立つ。あとに残るほどの重態ではないが、立寄るところの多い芭蕉についてゆく体力はないのだ。別れに当たって曾良が書き残した句、

／行〳〵てたふれ伏とも萩の原／

たとえ、萩の花咲く野原で行き倒れとなっても望むところです。一物仕立て。「隻鳧のわかれて雲にまよふがごとし」。前漢の蘇武《そぶ》は友人の李陵《りりよう》とともに匈奴の捕虜となるが、李陵を残して帰国を許される。そのとき、蘇武の詠んだ詩から。

雙鳧俱《とも》に北に飛ぶ
一鳧独《ひと》り南に翔《かけ》る
子当《まさ》に斯《か》の館に留るべし
我当に故郷に帰るべし

芭蕉の句、

／今日よりや書付消さん／笠の露／

残された私の笠には涙のような露がしとどに置いている。今日からはその「同行二人《どうぎょうににん》」の文字を消してしまおう。「今日よりや」は「今日よりは」に同じ。この「や」よりも「書付消さん」と「笠の露」の間の切れが深い。「笠の露」という眼前の景と「今日よりや書付消さん」という芭蕉の思いの取り合わせ。古池型の句である。

このあと、芭蕉は金沢からついてきていた北枝としばらく旅をつづけることになる。

【現代語訳】

山中温泉に入浴する。その効能は有馬温泉に次ぐという。

山中や菊はたおらぬ湯の匂

山中に来た——
菊を手折らずとも
湯の香が立ち籠める

主人とする者は久米之助といって、まだ少年である。彼の父は俳諧を好み、京の貞室が若輩の昔ここを訪れたとき、俳諧で辱められ、京に帰ると貞徳の門人となって世に知られる。名を成したあと、この山中一村は判詞の料を受け取らないという。今はもう昔話になった。

曾良は腹を病んで、伊勢の国中島というところに縁者があるのでと先立ってゆくに、

行〳〵てたふれ伏とも萩の原　曾良

行き行きて
倒れ伏しても――望むところ
いちめんの萩の原

と書き置きした。行く者の悲しみ、残る者のうらみ、二羽の梟が別れて雲に迷うかのようだ。私もまた、

今日よりや書付消さん笠の露

今日からは
同行二人の書き付けを消そう
笠の露で

全昌寺

大聖持《だいしやうじ》の城外、全昌寺《ぜんしやうじ》といふ寺にとまる。猶《なほ》加賀の地也。曾良も前の夜此《この》寺に泊《とまり》て、

終宵《よもすがら》　秋風聞《きく》や　うらの山

と残す。一夜の隔《へだて》、千里に同じ。吾《われ》も秋風を聞《きき》て衆寮《しゆれう》に臥《ふせ》ば、明《あけ》ぼのゝ空近う読経《どきやう》声すむまゝに鐘板《しようばん》鳴《なり》て食堂《じきだう》に入《いる》。けふは越前の国へと心早卒《さうそつ》にして堂下に下《くだ》るを、若き僧ども紙硯《しけん》をかゝへて階《きざはし》のもとまで追来《おひきた》る。折節庭中《をりふしていちゆう》の柳散れば、

庭掃《はき》て　出《いで》ばや寺に　散《ちる》柳

とりあへぬさまして草鞋《わらぢ》ながら書《かき》捨つ。

大聖寺（大聖持）は加賀藩の西のはずれ、支藩である大聖寺藩の城下町。全昌寺は曹洞宗の寺。ここにも前夜、泊まった曾良の書き残した句があった。

／終宵秋風聞や／うらの山／

先生と別れた寂しさに眠られず、一晩中、裏山の秋風を聞いて夜を明かしました。句中の切れのある一物仕立て。

翌朝、早々と朝食をすませて、寺を立ち去ろうとすると、若い修行僧たちが一句書い

てもらおうと追いかけてきた。「衆寮」は修行僧が寝泊りする宿舎、「鐘板」は合図に叩く魚の形をした雲板。

／庭　掃　て　出　ば　や／寺　に　散　柳／

昨夜、聞こえていた秋風ですっかり寺の庭に散り敷いた柳の葉をきれいに掃いて旅立とう。句中の切れのある一物仕立て。即吟の趣がある。「庭掃て出ばや」というものの芭蕉が実際に庭掃除をしたわけではない。

田　一　枚　植　て　立　去　る　柳　か　な　　芭　蕉

『おくのほそ道』第一部の蘆野で、芭蕉は「田一枚」の句を詠んだが、実際に田植えをしたのではないのと同じ。このときはみずから西行になって田を植える姿を見たのだった。どちらも芭蕉の心に湧き起こる幻である。

【現代語訳】
大聖寺藩の城下のはずれ、全昌寺という寺に泊まる。なお加賀国の地である。曾良

も前の夜、この寺に泊まって、

終　宵　秋　風　聞　や　う　ら　の　山

一晩中
秋風を聞いた――眠れぬまま
裏の山の

と残す。一夜の隔たり、千里に同じ。私も秋風を聞きながら衆寮に臥すと、あけぼのの空近く、読経の声澄むうちに鐘板が鳴って食堂に入る。今日は越前の国へと心せくままに食堂から下ると、若い僧たちが紙や硯を抱えて階段のたもとまで追ってくる。おりしも庭の柳が散っているので、

庭　掃　て　出　ば　や　寺　に　散　柳

庭を掃いて
旅立とう――この寺に
散る柳の葉を

とりあえず草鞋を履いてから書き捨てた。

汐越の松

越前の境、吉崎《よしざき》の入江を舟に棹《さをさ》して汐越《しほごし》の松を尋ぬ。

終宵嵐《よもすがらあらし》に波をはこばせて月をたれたる汐越の松　　西行

此《この》一首にて数景《すけいつき》尽たり。もし一辦《いちべん》を加《くはふ》るものは無用の指を立《たつ》るがごとし。

吉崎の入り江は加賀と越前の国境。蓮如が北陸布教の拠点とした吉崎御坊《ごぼう》があった。汐越の松は吉崎の入り江の対岸、汐越神社一帯の松林。ここに引かれる西行の歌は、波の濡らした松から潮の滴るさまは、まるで月の光が滴っているかのようだしというのだ。この歌のように海上に伸びた松の枝が波をかぶるので「汐越の松」と呼ばれる。なおこの歌は西行ではなく蓮如の歌である。

【現代語訳】

越前の国境、吉崎の入江を舟で渡って汐越の松を訪ねる。

終宵嵐に波をはこばせて月をたれたる汐越の松　　西行（蓮如）

一晩中
嵐に波が
打ち寄せられて
月光したたる

汐越の松よ

この一首に数々の景色が尽きている。もし一言を加える者は五指に無用の指を加えるようなものだ。

天龍寺、永平寺

丸岡天龍寺《まるをかてんりゆうじ》の長老、古き因《ちなみ》あれば尋ぬ。又、金沢の北枝《ほくし》といふもの、かりそめに見送りて此処《このところ》までしたひ来る。所々の風景過《すぐ》さず思ひつゞけて、折節《をりふし》あはれなる作意など聞《きこ》ゆ。今既別《すでにわかれ》に望みて、

物書《かき》て扇引《ひき》さく余波《なごり》哉

五十丁、山に入《いり》て永平寺《えいへいじ》を礼《らい》す。道元禅師《だうげんぜんじ》の御寺《みてら》也。邦機《はうき》千里《せんり》を避《さけ》て、かゝる山陰に跡をのこし給ふも貴《たふと》きゆへ有《あり》とかや。

松岡（丸岡）の天龍寺は永平寺の末寺。長老とは大夢《だいむ》和尚。「かりそめに見送りて」、ちょっとそこまで見送りますと金沢からついて着た北枝ともここで別れることになる。これが第四の別れ。

／物書て扇引さく余波哉／

今や秋。君との別れに臨んで、夏も去り不要となったこの扇に互いに句をしたためて、引き裂き、君の句は私が、私の句は君が、それぞれ形見として名残りを惜しすがよすがとしよう。複雑な構造の句だが一物仕立て。

永平寺は道元禅師開山の曹洞宗の寺。「邦機千里を避て」の「機」は「畿」。京の都から千里も離れたこの辺鄙な地に。

【現代語訳】

丸岡の天龍寺の長老は古い縁があるので訪ねる。また金沢の北枝という者がちょっと見送りに、ここまで慕ってきている。所々の風景を見過ごさず案じつづけて、ときおりあわれ深い句作など聞かせる。今すでに別れに望んで、

物書て扇引さく余波哉

一句したためて
秋の扇を引き裂く
これが形見だ

五十丁、山に入って永平寺を礼拝する。道元禅師のお寺である。京の都を千里も遠

ざかって、こんな山かげに跡を残されるのも貴いいわれがあるのだとか。

福井

福井は三里計《ばかり》なれば夕飯したゝめて出《いづ》るに、たそかれの路たどく〳〵し。爰《ここ》に等栽《とうさい》と云《いふ》古き隠士有。いづれの年にや江戸に来《きた》りて予を尋《たづぬ》。遥《はるか》十とせ余り也。いかに老さらぼひて有《ある》にや将死《はたしに》けるにやと人に尋侍《たづねはべ》れば、いまだ存命してそこ〳〵と教ゆ。市中ひそかに引入《ひきいり》て、あやしの小家《こいへ》に夕皃《ゆふがほ》、へちまのはえかゝりて、鶏頭、はゝ木ゞに戸ぼそをかくす。さては此《この》うちにこそと門《かど》を扣《たたけ》ば侘《わび》しげなる女の出《いで》て、いづくよりわたり給ふ道心《だうしん》の御坊《ごばう》にや。あるじは此《この》あたり何がしと云《いふ》もの丶方《かた》に行《ゆき》ぬ。もし用あらば尋《たづね》給へといふ。かれが妻なるべしとしらる。むかし物がたりにこそかゝる風情《ふぜい》は侍れと、やがて尋《たづね》あひて、その家に二夜《ふたよ》とまりて、名月はつるがのみなとにとたび立《だつ》。等栽も共に送らんと裾《すそ》おかしうからげて路の枝折《しをり》とうかれ立《たつ》。

福井には等栽（洞哉）という隠者がいた。ここでは、この隠者のことがおもしろおかしくつづられる。芭蕉は江戸でこの人に会ったことがあったが、もはや十年も昔のことなので、さぞ老いさらばえてしまっただろう、もしかすると、一笑のように亡くなっているかもしれないと危ぶみながら、人に尋ねてみると、いやいやまだ生きているという。「市中ひそかに引入て」は町中深くひっそりと隠れて。ここから先、芭蕉は『源氏物語』夕顔の巻を面影にして書いている。等栽の飄逸な人となりと隠者らしい暮らしぶりがいたく気に入ったのにちがいない。その家に二晩、厄介になった。

中秋の名月は敦賀の港で眺めようと旅立つと、等栽は着物の裾を尻からげして道案内を喜んで買って出る。

【現代語訳】

福井は三里ばかりなので夕飯を食べてから出ると、たそがれの道はたどたどしい。ここに等栽（洞哉）という古い隠者がいる。いつの年だったか江戸に来て私を訪ねて来た。はるか十年以上も前のことである。どんなに老いさらばえているか、もしや亡くなってはいやしまいかと人に尋ねると、まだ存命でそこそこにいると教える。

市中ひそかに入り込んで、あやしい小家に夕顔や糸瓜が生えかかり、鶏頭や帚木に戸口が隠れている。さてはこの家にちがいないと門を叩くと、わびしげな女が出て、どこからおみえになった修行のお坊さんか。主人はこのあたりの某という者の家に行った。もし用があればお尋ねくださいという。彼の妻にちがいないと知られる。

古い物語（『源氏物語』）にこんな風情の女（六条御息所）がいたなあと、いわれるままに訪ねて会うと、その家に二夜泊まって中秋の名月は敦賀の港でと旅立つ。等栽もともに送ろうと裾をおかしげにからげて、さあ道案内と浮かれたつ。

敦賀

漸《やうやう》白根《しらね》が嶽《だけ》かくれて比那《ひな》が嵩《だけ》あらはる。あさむづの橋をわたりて玉江《たまえ》の蘆《あし》は穂に出《いで》にけり。鶯《うぐひす》の関《せき》を過《すぎ》て湯尾《ゆのを》峠を越《こゆ》れば燧《ひうち》が城《じやう》、かへるやまに初鴈《はつかり》を聞《きき》て十四日の夕ぐれ、つるがの津に宿をもとむ。

その夜、月殊晴《ことにはれ》たり。あすの夜もかくあるべきにやといへば越路《こしぢ》の習ひ、猶明夜《なほめいや》の陰晴はかりがたしと、あるじに酒すゝめられて、けいの明神《みやうじん》に夜参《やさん》す。仲哀《ちゆうあい》天皇の御《ご》廟《べう》也。社頭神《かん》さびて松の木の間に月のもり入《いり》たる、おまへの白砂《はくさ》、霜を敷《しけ》るがごとし。往昔《そのかみ》、遊行《ゆぎやう》二世の上人、大願発起《たいぐわんほつき》の事ありて、みづから葦を刈《かり》、土石《どせき》を荷《にな》ひ泥渟《でいてい》をかはかせて参詣往来《わうらい》の煩《わづらひ》なし。古例今にたえず神前に真砂《まさご》を荷ひ給ふ。これを遊行の砂持《すなもち》と申侍《まうしはべ》ると亭主のかたりける。

月清し遊行のもてる砂の上

十五日、亭主の詞《ことば》にたがはず雨降《ふる》。

名月や北国《ほくこく》日和《びより》定《さだめ》なき

やっと白山（白根が嶽）が見えなくなり、日永岳（比那が嵩、雛が岳、今は日野山という）が見えてきた。朝水の橋（あさむづの橋）、玉江、鶯の関は歌枕。

あさむづの橋は忍びて渡れどもとどろとどろと鳴るぞわびしき
よみ人しらず（『夫木和歌抄』）

夏苅の玉江の蘆を踏みしだき群れゐる鳥のたつ空ぞなき
源重之（『後拾遺集』）

鶯の鳴きつる声にしきられて行《ゆく》もやられぬ関の原かな
（『歌枕名寄』）

湯尾峠も燧が城も源平の古戦場。木曾義仲軍を迎え撃とうと、北陸へ進んだ平家軍は、ここに立てこもる義仲方の軍勢を蹴散らして加賀に攻め入る。その後、倶利伽羅峠の合戦で平家軍は義仲軍に敗れることになる。その燧が城を詠む句、

義仲が寝覚の山か月悲し　芭蕉

帰る山（かへるやま）は歌枕。

帰る山いつはた秋と思ひこし雲井の雁もいまや逢ひみん

藤原家隆《いえたか》（『続後拾遺集』）

敦賀に入ったのは八月十四日、中秋の名月の前日。敦賀（角鹿）は歌枕。

我をのみ思ひつるがの越ならばかへるの山は惑はざらまし

よみ人しらず（『後撰集』）

その夜、みごとに晴れたので「あすの名月も晴れるでしょうか」と聞くと、宿の主は「北陸のいつものことで、今夜、晴れたといっても明晩の天気など知れたものではありません」という。そこでその夜のうちに気比神宮（けいの明神）に参拝した。気比神宮は越前一の宮。仲哀《ちゆうあい》天皇は日本武尊《やまとたけるのみこと》の皇子。皇后は神功皇后。敦賀に笥飯《けし》の宮を造営し、しばらくここにいたことがある。芭蕉は気比神宮を「仲哀天皇の御廟也」と書いているが、御陵は大阪府藤井寺市にある恵我長野西陵《えがのながののにしのみささぎ》。「遊行二世の上人」は時宗第二祖の他阿《たあ》上人、真教《しんきよう》（一二三七―一三一九）。時宗は開祖の一遍《いつぺん》以来、各地を遊行することを仏道修行の本道としたので、時宗を遊行宗ともいい、代々の門主を遊行上人という。
真教は豊後で布教中の一遍の弟子となり、一遍とともに各地を遊行した。一遍の死後、北陸、関東を遊行し、遊行寺（神奈川県藤沢市）を建立する。歌人としても知られる。

哀れげにのがれても世はうかりけりいのちながらぞすつべかりける
真教（『玉葉集』）

月ははや世を秋風に影ふけぬ山の端ちかき我をともなへ
（『他阿上人歌集』）

「月ははや」は八十三歳で亡くなる半月前に詠んだ最後の歌。
真教は北陸遊行中、荒れ果てた湿地となっていた気比神宮の参道を、みずから葦を刈り、土や石を運んで整えた。その奉仕の昔をしのんで、以後、歴代の遊行上人はここを訪れると、砂を担いで参道へ運ぶ。これが「遊行の砂持ち」。

／月清し／遊行のもてる砂の上／

代々の遊行上人が運ぶ砂を清らかな月の光が照らしている。芭蕉はこのとき、降り注ぐ月の光の中に、今まさに砂を担いで運ぶ遊行上人の幻を見たにちがいない。句中の切れのある一物仕立て。

中秋の名月は宿の主が危ぶんだとおり、雨。

／名　月　や／北　国　日　和　定　な　き／

「名月や」とはいうものの、雨なのだから月が見えているわけではない。この名月は心の中の名月。これに対して「北国日和定なき」は昨夜、あんなに晴れたのに今夜は雨というつれない現実。古池型の句である。


【現代語訳】

白根が岳が隠れて比那が岳が現れる。あさむづの橋を渡って玉江の蘆は穂が出ていた。鶯の関を過ぎて湯尾峠を越えると燧が城、帰山に初雁を聞いて、八月十四日（中秋の名月の前日）の夕暮れ、敦賀の港に宿を求める。

その夜、月はことのほか晴れた。あすの夜もこんなだろうかと尋ねると、越路のいつものことで明夜曇るか晴れるかはわからないと主人に酒を勧められて、気比の明神（気比神宮）に夜参りする。仲哀天皇の御廟である。境内は神々しく古び、松の木の間に月が漏れ入って御前の白砂は霜を敷いたようである。

その昔、遊行二世の上人が大願発起のことがあって、みずから葦を刈り十石を担って泥水を乾かし、参詣の往来に煩いがない。古い事例が今も途絶えず、代々の上人が神前へ砂を担われる。これを遊行の砂持ちと申しますと亭主は話していた。

月清し遊行のもてる砂の上

月光は清らか――
遊行上人が運ぶ
砂の上に

翌十五日、亭主の言葉にたがわず雨降る。

名月や北国日和定なき

今宵は中秋の名月――なのに
北国の日和は
なんと当てにならぬ

種の浜

十六日、空霽《はれ》たれば、ますほの小貝ひろはんと種《いろ》の浜《はま》に舟を走《は》す。海上《かいしやう》七里あり。天屋《てんや》何某《なにがし》と云《いふ》もの、破籠《わりご》、小竹筒《ささえ》などこまやかにしたゝめさせ、僕《しもべ》あまた舟にとりのせて、追風、時のまに吹着《ふきつき》ぬ。

浜はわづかなる海士《あま》の小家にて侘《わび》しき法花寺《ほっけでら》あり。爰《ここ》に茶を飲、酒をあたゝめて夕ぐれのさびしさ、感に堪《たへ》たり。

寂しさや須磨《すま》にかちたる浜の秋

波《なみ》の間《ま》や小貝にまじる萩《はぎ》の塵《ちり》

其《その》日のあらまし、等栽に筆をとらせて寺に残す。

翌十六日はふたたび晴。種の浜（色の浜）は敦賀湾の北西の砂浜。西行が歌に詠んだ「ますほの小貝」で知られる。「ますほ」は真赭、赤のこと。

潮染むるますほの小貝拾ふとて色の浜とは言ふにやあるらん　　西行（『山家集』）

敦賀の回船問屋、天屋五郎右衛門（玄流）の仕立てた船に乗り、弁当（破籠）や酒（竹筒）を携えて、海辺のピクニックである。法花寺とは日蓮宗、本隆寺のこと。

／寂しさや／須磨にかちたる浜の秋／

「須磨にかちたる」は『源氏物語』須磨の巻を踏まえる。この種の浜の秋の風情は、光源氏が流された須磨にもまさっている。その種の浜に降り立って、何やら果てしない寂しさを覚えたというのだ。

この句は「寂しさ」という芭蕉の気持ちをそのまま表わす言葉と、そのきっかけになった「須磨にかちたる浜の秋」という眼前の景の取り合わせ。種の浜の景色を見て「寂しさ」という心の世界を開いた古池型の句。

『おくのほそ道』にある同じ型の句をみておこう。

あらたうと青葉若葉の日の光（日光）
閑さや岩にしみ入蟬の声（立石寺）
有難や雪をかほらす南谷（羽黒山）
涼しさやほの三か月の羽黒山
秋涼し手毎にむけや瓜茄子（金沢）
むざんやな甲の下のきりぎりす（多太神社）

どれも芭蕉の思いがほとばしるように流露した句。このうち、二句目「閑さや」の句と六句目「むざんやな」の句は音（蟬の声、きりぎりす）によって心の世界が開ける、古池の句とまったく同じ形の句である。

／波の間や／小貝にまじる萩の塵／

句中の切れのある一物仕立て。句の意味は「波の間の小貝にまじる萩の塵」と同じ。波の間に散り敷くますほの小貝に萩の花屑が混じっている。実際には「萩の塵」などなくても、混じっているように感じた。「萩の塵」は幻だろう。

【現代語訳】

八月十六日、空が晴れたので、（西行の歌にある）ますほの小貝を拾おうと種の浜へ舟を走らす。海上七里ある。天屋某という者、破籠、小竹筒など心をこめて用意させ、しもべを大勢舟に乗せて追い風に吹かれ、たちまち到着した。

浜は貧しげな漁師の小屋があり、わびしい法華宗の寺がある。ここで茶を飲み、酒を温めて、夕暮れの寂しさは感に堪えるばかりだった。

寂しさや須磨にかちたる浜の秋

夕暮れの寂しさよ——

須磨に勝る

種の浜の秋は
波の間や小貝にまじる萩の塵
波の絶え間――
小貝に交る
萩の塵よ

その日のあらましは等栽に書かせて寺に残す。

大垣

露通《ろつう》も此《この》みなとまで出《いで》むかひて、みの、国へと伴ふ。駒にたすけられて大垣の庄に入《いれ》ば曾良も伊勢より来《きた》り合《あひ》、越人も馬をとばせて如行《じよかう》が家に入集《いりあつま》る。前川《ぜんせん》子、荊口《けいこう》父子、其外《そのほか》したしき人々、日夜とぶらひて蘇生《そせい》のものにあふがごとく且《かつ》悦び且いたはる。旅の物うさもいまだやまざるに、長月六日になれば伊勢の遷宮おがまんと、又舟にのりて、

蛤《はまぐり》の
ふたみに
わかれ行《ゆく》秋ぞ

芭蕉の門弟、路通（露通）も敦賀まで迎えにきてくれた。芭蕉の帰還を待ちきれず、ここまで迎えに出たのだ。

大垣に入ると、山中温泉で先に旅立った曾良が伊勢から戻ってきた。越人も名古屋から駆けつけ、みな大垣藩士、如行の家に集まった。前川、荊口もともに大垣藩士。

ここ大垣は美濃の内陸の町だが、揖斐川と運河で伊勢湾と結ばれ、海に開けている。この町にたどり着いたとき、芭蕉はいよいよ旅も終わりと思っただろう。「蘇生のものにあふがごとく」とは、生き返った人に会ったかのように。芭蕉はここで『おくのほそ道』第四部の主題「浮世帰り」を明らかにしている。

芭蕉はここから舟に乗り、伊勢神宮の遷宮を拝しにゆく。曾良と路通らが同行。伊勢神宮は二十年ごとに新しい宮に移る。元禄二年（一六八九年）はその年に当たっていた。これが第五の別れである。

／蛤のふたみにわかれ行秋ぞ／

芭蕉が大垣に集まった親しい人々との別れに臨んで詠んだ、『おくのほそ道』最後の一句。「ふたみ」は蛤の蓋と身に伊勢の二見が浦を掛ける。二見が浦は歌枕。

今ぞ知る二見の浦のはまぐりを貝合《あは》せとて覆ふなりけり　西行（『山家集』）

この西行の歌に詠まれた蛤が蓋と身に分かれるように、私はまた君たちに別れを告げて伊勢の二見が浦へと旅立ってゆく。一物仕立て。

行《ゆく》春や鳥啼《なき》魚の目は泪《なみだ》　芭蕉

芭蕉は『おくのほそ道』の旅立ちに当たって、深川から見送りの人々と舟で隅田川をさかのぼり、千住で舟から降りると、別れに臨んでこの句を詠んだ。

行春の句も蛤の句も別れの句であり、舟にかかわりがあり、背後には川が流れている。このように、『おくのほそ道』の最初と最後の句にはいくつかの共通点があるが、その詠みぶりには大変な違いがある。

行春の句は「鳥啼魚の目は泪」といい、やや大げさな芝居がかった感じがするが、蛤の句の何と安らかなこと。

蓋と身に分かれるのは蛤にとって身を裂かれることであり、蛤は耐えがたい痛みを感じているはず。私もその痛みに耐えて君たちとここで別れるというのだが、この句は蛤の蓋がおのずから開くような安らかな感じがする。ここには嘆き（「鳥啼」）も涙（「魚の目は泪」）もない。耐えがたい別れをさらりと詠んでいるだけだ。

さながら流れ去る水のように淡々としたこの境地こそ、古池の句を詠んでから三年後、『おくのほそ道』の旅で見出した不易流行と「かるみ」のまぎれもない成果だった。

大垣藩士斜嶺宅に招かれて詠んだ句がある。主人と伊吹山をたたえる。

其まゝよ月もたのまじ伊吹山　　芭蕉

伊勢での句も記しておく。

月さびよ明智が妻の咄せん　　芭蕉
尊さに皆おしあひぬ御遷宮

「月さびよ」の句は伊勢の又玄宅に泊まったときの句。又玄は御師、当時十九歳だったという。その若い妻の甲斐甲斐しいもてなしに明智光秀の妻を重ねてその人に贈った句。

「尊さに」の句は『おくのほそ道』の地の文に「伊勢の遷宮おがまんと」とあった遷宮での句である。

【現代語訳】

路通もこの港まで出迎えて美濃の国へともに行く。馬に助けられて大垣の庄に入ると、曾良も伊勢から来て再会、越人も馬を飛ばして如行の家に入って集まる。前川子、荊口父子、そのほか親しい人々が日夜訪ねてくれて蘇生した人に会うかのようにかつ喜び、かつ労る。

旅のもの憂さもまだやまないのに、長月六日になるので伊勢神宮の御遷宮を拝もうと、また舟に乗って、

蛤《はまぐり》の
　ふたみに
　　わかれ行《ゆく》秋ぞ

君たちと別れて
蛤の蓋と身のように——二見へ
行く秋よ

跋

跋

からびたるも、艶なるも、たくましきも、はかなげなるも、おくの細みちみもて行に、おぼえずたちて手たゝき、伏て村肝を刻む。一般は簑をきる〳〵かゝる旅はせましと思立、一たびは坐してまのあたり奇景をあまんず。かくて百般の情に鮫人が玉を翰にしめしたり。旅なる哉、器なるかな。只なげかしきは、かうやうの人のいとかよはげにて眉の霜をきそふぞ。

元禄七年初夏　素龍書

【現代語訳】

跋

枯淡、優美、大胆、繊細、『おくのほそ道』を読んでゆくと、思わず立ち上がって手を叩き、あるいは俯いて断腸の思いを味わう。あるときは蓑を着てこんな旅をしてみたいものと思い立ち、あるときは家に居ながらにして奇景に眺め入る。こうしてさまざまな情景を人魚の涙さながらの文章にしている。ああ何という旅の賜物、器量の結実だろうか。ただ嘆かわしいのは、これほどの人がかよわげにして眉が白くなる一方であることである。

元禄七年初夏　　　　　　　　　　　　　　素龍書

素龍（柏木全故、？―一七一六）は阿波の国徳島藩士だったが浪人となり、最後は柳沢家の和歌指南として亡くなった。元禄五年（一六九二年）冬、江戸で芭蕉と出会い、『おくのほそ道』を清書し跋文を書く。

『おくのほそ道』は芭蕉が推敲を加えた自筆本（野坡本）、この自筆本をさらに推敲したものを利牛が書き写した曾良本（天理図書館蔵）、これを素龍が清書した西村本と柿衛本（柿衛文庫蔵）などが現存する。元禄七年（一六九四）初夏に完成した西村本を芭蕉は最後の旅に携えた。この本は遺言で去来に譲られ、元禄十二年（あるいは十五年）に京の井筒屋から刊行された。これが『おくのほそ道』の定本である。

一方、芭蕉自筆本（野坡本）は長らく所在不明だったが、平成八年（一九九六年）に公開された。

「曾良随行日記」は曾良の覚書「曾良旅日記」のうち『おくのほそ道』の旅の随行記録「元禄二年日記」をさす。「曾良旅日記」の存在は以前から知られていたが、全容が明らかになったのは第二次世界大戦中昭和十八年（一九四三年）である。これにより『おくのほそ道』の旅の実際の経路が判明し、『おくのほそ道』の文学作品としての評価がいよいよ高まることになった。

エピローグ――その後の芭蕉

当門の俳諧、一変す

『おくのほそ道』の旅から五年後、元禄七年（一六九四年）冬、芭蕉は大坂で亡くなる。それから数年して、去来は「故翁奥州の行脚より都へ越えたまひける、当門のはい諧すでに一変す」（『俳諧問答』去来「贈晋氏其角書」）と書いた。芭蕉が元禄二年秋、『おくのほそ道』の旅を終えて都へ上るやいなや、蕉門の俳諧は一変したというのだ。

去来のいうこの「一変」がどんなものだったか、それがどのようにして起こったか、『おくのほそ道』を読み終えた私たちはすでに承知している。

どんな変化だったかといえば、悲惨な人生を嘆くのではなく、さらりと詠むという句風への変化だった。「かるみ」の誕生である。

去来は、この変化は『おくのほそ道』の旅のあと、芭蕉が都へ上ってから起こったというのだが、実際にはもっと早くから兆していた。貞享三年（一六八六年）春、芭蕉は古池の句を詠んで、心の世界をはじめて打ち開き、蕉風に開眼した。その三年後、芭蕉は蕉風をさらに展開するために『おくのほそ道』の旅をする。

旅の途上、芭蕉は現実のただ中に心の世界を打ち開く古池型の句を詠んでいる。そのなかには蛙が水に飛びこむ音を聞いて古池の幻が心に浮かんだ古池の句と瓜二つの、ある音が心の世界を開くきっかけになっている句もある。

閑《しづか》さや岩にしみ入《いる》蟬の声　（立石寺）

むざんやな甲《かぶと》の下のきりぎりす　（多太神社）

「閑さや」の句は「岩にしみ入蟬の声」によって芭蕉は宇宙を占める静けさに気づく。「むざんやな」の句は「甲の下のきりぎりす」の声を聞いて斎藤実盛の最期をまざまざと思い起こす。これらの句は古池の句とまったく同じ構造なのだ。このように芭蕉は古池の句の変奏をさまざまに試みながら旅をつづけた。

この『おくのほそ道』の旅のもう一つの成果は旅の途中、芭蕉が不易流行を経て「かるみ」にたどり着いたことである。この「かるみ」という人生観こそがその後の芭蕉の俳句、蕉門の俳句ばかりか俳句の歴史そのものを一変させることになる。

おもしろうてやがてかなしき鵜《う》舟《ぶね》哉《かな》　芭蕉

古池の句の二年後、貞享五年（一六八八年）夏、芭蕉は岐阜の長良川に遊んで、この句を詠んだ。『おくのほそ道』の旅の前年のことである。しかし、それが『おくのほそ道』のあと、芭蕉が「かるみ」に気づいてからだったら、この句は次のような句になっていたかもしれない。

かなしうてやがておもしろき鵜舟哉

悲しい人生を悲しいと嘆くのではなく、たとえ悲しい人生であっても面白いとみる。芭蕉の見出した「かるみ」とはそういうことだった。

『猿蓑』の世界へ

『おくのほそ道』以後の芭蕉の動向を眺めておこう。芭蕉の年齢はかぞえ年。

・元禄二年（一六八九年、四十六歳）
『おくのほそ道』の旅。伊勢参宮ののち、そのまま上方に留まる。近江の膳所で越年。
・元禄三年（一六九〇年、四十七歳）
俳諧選集『ひさご』刊行。大津で越年。
・元禄四年（一六九一年、四十八歳）

俳諧選集『猿蓑』刊行。十月、三年ぶりで江戸に帰る。日本橋に仮住まい。

・元禄五年（一六九二年、四十九歳）
深川に新築された芭蕉庵に移る。

・元禄七年（一六九四年、五十一歳）
五月、江戸を発ち、大坂へ。俳諧選集『炭俵』刊行。十月十二日、大坂で死去。近江膳所の義仲寺に葬られる。

・元禄十一年、一六九八年、俳諧選集『続猿蓑』刊行。

・元禄十五年（一七〇二年）
『おくのほそ道』刊行。これは芭蕉の遺言により去来に贈られた最終稿である。

芭蕉は『おくのほそ道』の旅を終えたあと、江戸に戻らず、二年間、上方に留まり、近江、京、伊賀上野の間を行き来してすごす。去来の先ほどの文のつづきをみておこう。

故翁奥州の行脚より都へ越えたまひける、当門のはい諧すでに一変す。我ともがら笈を幻住庵にになひ、杖を落柿舎《らくしや》に受て、略そのおもむきを得たり。『瓢』『さるみの』、是也。その後またひとつの新風を起こさる。『炭俵』『続猿蓑』なり。（『俳諧問答』去来「贈晋氏其角書」）

幻住庵は近江大津の国分山にあった芭蕉の庵。落柿舎は京嵯峨にあった去来の別邸。去来たちはここに芭蕉を訪ねて、じきじきに「かるみ」を学んだというのだ。その成果の一つが近江の洒堂が編んだ『ひさご』であり、もう一つが京の去来と凡兆が編集した『猿蓑』だった。

その後、江戸に帰った芭蕉はこの「かるみ」をさらに進めて「またひとつの新風」を起こすことになる。その成果である『炭俵』は芭蕉の死の直前に、『続猿蓑』は死後(元禄十一年、一六九八年)に刊行される。

なかでも『猿蓑』は芭蕉が古池の句で打ち開き、『おくのほそ道』の旅で醸成させた蕉風を世に問う俳諧撰集だった。それは古池の句から『おくのほそ道』へと句境を深め、広げてきた芭蕉が迎えるさらに大きな舞台だった。

曾良随行日記

※日付のあとの（　）内は太陽暦の1689年の日付

第一部　旅の褉（深川〜遊行柳）

▼旧三月（弥生、太陽暦4月20日〜5月18日）

巳《み》三月廿日（5・9）、日出、深川出船。巳ノ下尅、千住《せんじゅ》ニ揚《あが》ル。

一　廿七日（5・16）夜、カスカベニ泊ル。江戸ヨリ九里余。

一　廿八日（5・17）、マ、ダニ泊ル。カスカベヨリ九里。前夜ヨリ雨降ル。辰上《たつの》尅止《やむ》ニ依テ宿出《いづ》。間モナク降ル。午《うま》ノ下尅止。此日栗橋ノ関所通ル。手形モ断《ことわり》モ不入《いらず》。

一　廿九日（5・18）、辰ノ上尅マ、ダヲ出。

一　小山《おやま》ヘ一リ半、小山ノヤシキ、右ノ方ニ有《あり》。

一　小田（山）ヨリ飯塚ヘ一リ半。木沢ト云所ヨリ左ヘ切ル。

一　此間姿川越ル。飯塚ヨリ壬生《みぶ》ヘ一リ半。飯塚ノ宿ハヅレヨリ左ヘキレ、（小クラ川）川原ヲ通リ、川ヲ越《こし》、ソウシヤガシト云船ツキノ上ヘカヽリ、室ノ八嶋ヘ行《ゆく》（乾ノ方五町バカリ）。スグニ壬生ヘ出ル（毛武ト云村アリ）。此間三リトイヘドモ、弐里余。

一　壬生ヨリ楡木《にれき》ヘ二リ。ミブヨリ半道バカリ行テ、吉次《きちじ》ガ塚、右ノ方廿間バカリ畠中ニ有。

一　ニれ木ョリ鹿沼《かぬま》へ一リ半。

一　昼過ョリ曇。同晩、鹿沼（より火《(文)》バサミへ弐リ八丁）ニ泊ル。（火バサミョリ板橋へ廿八丁、板橋より今市へ弐リ、今市ョリ鉢石へ弐リ）

▼旧四月（卯月、太陽暦5月19日〜6月16日）

一　四月朔日《ついたち》（5・19）前夜ョリ小雨降。辰上《たつの》尅、宿ヲ出《いづ》。止《やみ》テハ折々小雨ス。終曇《くもり》。午《うま》ノ尅、日光へ着。雨止。清水寺ノ書、養源院へ届、大楽院へ使僧ヲ被添《そへらる》。折節《をりふし》大楽院客有之《これあり》、未《ひつじ》ノ下尅迄待テ御宮拝見。終テ其夜日光上鉢石町五左衛門ト云者ノ方ニ宿。壱〆《くわん》弐四。

一　同二日（5・20）天気快晴。辰《たつ》ノ中尅、宿ヲ出。ウラ見ノ滝（一リ程西北）・ガンマン《(ママ)》ガ淵見《み》巡《めぐり》、漸ク及午《うまにおよび》、鉢石ヲ立、奈須太田原へ趣《おもむく》。常ニハ今市へ戻リヲ大渡リト云《いふ》所へカヽルト云ドモ、五左衛門、案内ヲ教へ、日光ョリ廿丁程下リ、左へ《(ママ)》ノ方へ切レ、川ヲ越、せノ尾・川室ト云村へカヽリ、大渡リト云馬次ニ至ル。三リニ少シ遠シ。

○今市ョリ大渡へ弐リ余。

○大渡より船入《ふにう》へ壱リ半ト云ドモ壱里程有。絹川ヲカリ橋有。大形《おほかた》船渡し。

○船入より玉入《たまにう》へ弐リ。未ノ上尅ョリ雷雨甚強《はなはだつよく》、漸ク玉入へ着。

一　同晩　玉入泊。宿悪故《あしきゆゑ》、無理ニ名主ノ家入テ宿カル。

一 同三日（5・21）快晴。辰上尅、玉入ヲ立。鷹内へ二リ八丁。鷹内よりヤイタへ壱リニ近シ。ヤイタヨリ沢村へ壱リ。沢村ヨリ太田原へ二リ八丁。太田原ヨリ黒羽根へ三リト云ドモ二リ余也。翠桃《すゐたう》宅、ヨゼト云所也トテ、弐十丁程アトへモドル也。

一 四日（5・22）浄法寺図書へ被招《まねかる》。

一 五日（5・23）雲岩寺見物。朝曇。両日共ニ天気吉《よし》。

一 六日（5・24〜27）ヨリ九日迄、雨不止《やまず》。九日、光明寺へ被招。昼ヨリ夜五ツ過迄ニシテ帰ル。

一 十日（5・28）雨止。日久《ひさしく》シテ照。

一 十一日（5・29）小雨降ル。余瀬翠桃へ帰ル。晩方強雨《がうう》ス。

一 十二日（5・30）雨止。図書被見廻《づしよみまはられ》、篠原被誘引《へいうぃんせらる》。

一 十三日（5・31）天気吉。津久井氏被見廻而《て》、八幡へ参詣被誘引。

一 十四日（6・1）雨降リ、図書被見廻終日。重之内持参。

一 十五日（6・2）雨止。昼過、翁と鹿助右同道ニテ図書へ被参《まゐらる》。是ハ昨日約束之故《ゆゑ》也。予ハ少々持病気故不参。

一 十六日（6・3）天気能《よし》。翁、館ヨリ余瀬《よぜ》へ被立越《たちこえらる》。則、同道ニテ余瀬を立。及昼《ひるにおよび》、図書・弾蔵より馬人ニ而被送《ておくら》ル。馬ハ野間と云所ヨリ戻ス。此間弐里余。高久ニ至ル。雨降リ出ニ依《より》、滞ル。此間壱里半余。宿角左衛門、図書より状被添《そへらる》。

一　十七日（6・4）　角左衛門方ニ猶宿。雨降。野間ハ太田原より三里之内、鍋かけより五六丁西。

一　十八日（6・5）　卯《うの》剋、地震ス。辰《たつ》ノ上剋、雨止。午《うま》ノ剋、高久角左衛門宿ヲ立。暫有テ快晴ス。馬壱疋、松子村迄送ル。此間壱リ。松子より湯本ヘ三リ。未《ひつじ》ノ下剋、湯本五左衛門方ヘ着。

一　十九日（6・6）　快晴。予、鉢ニ出ル。朝飯後、図書家来角左衛門ヲ黒羽ヘ戻ス。午ノ上剋、湯泉《ゆぜん》ヘ参詣。神主越中出合《であひ》、宝物ヲ拝。与一扇ノ的躬(射)残ノカブラ壱本・征矢《そや》十本・蟇目《ひきめ》ノカブラ壱本・檜《ひ》扇子壱本、金ノ絵也。正一位ノ宣旨・縁起等拝ム。夫より殺生石ヲ見ル。宿五左衛門案内。以上湯数六ケ所。上ハ出ル事不定、次ハ冷。ソノ次ハ温冷兼、御橋下也。ソノ次ハ不出《いでず》。ソノ次温湯アツシ。ソノ次、温也ノ由、所ノ云也。

温泉大明神ノ相殿《あひどの》ニ八幡宮ヲ移シ奉テ、雨(両)神一方ニ拝レサセ玉フヲ、

湯をむすぶ誓も同じ石清水《いはしみず》　翁

殺生石

石の香や夏草赤く露あつし

正一位ノ神位被加《くはへらるる》ノ事、貞享四年黒羽ノ館主信濃守増《ますなが》被寄進《きしんせらるる》之由。祭礼、九月廿九日。

一　廿日（6・7）朝霧降ル。辰《たつの》中尅、晴。下尅、湯本ヲ立。ウルシ塚迄三リ余。半途ニ小や村有。ウルシ塚ヨリ芦野へ二リ余。湯本ヨリ総《すべ》テ山道ニテ能不知《よくしらず》シテ難通《とほりがたし》。

一　芦野より白坂へ三リ八丁。芦野町ハヅレ、木戸ノ外、茶や松本市兵衛前より左ノ方へ切レ（十町程過テ左ノ方ニ鏡山有）、八幡ノ大門通リ之内、左ノ方ニ遊行柳有。其西ノ四五丁之内二愛岩《（宕）》有。其社ノ東ノ方、畑岸ニ玄仍《げんじやう》ノ松トテ有。玄仍ノ庵跡ナルノ由。其辺ニ三ツ葉芦沼有。見渡ス内也。八幡ハ所之《の》ウブスナ也（市兵衛案内也。すグニ奥州ノ方、町ハヅレ橋ノキハへ出ル）。

一　芦野より一里半余過テ、ヨリ居村有。是よりハタ村へ行《ゆか》バ、町ハヅレより右へ切ル也。

一　関明神、関東ノ方ニ一社、奥州ノ方ニ一社、間廿間計《ばかり》有。両方ノ門前ニ茶や有。小坂也。これより白坂へ十町程有。古関を尋て白坂ノ町ノ入口より右へ切レテ籏宿《はたじゆく》へ行。

一　廿日之晩泊ル。暮前より小雨降ル（籏ノ宿ノハヅレニ庄司モドシト云テ、畑ノ中桜木有。判官ヲ送リテ、是よりモドリシ酒盛ノ跡也。土中古土器有。寄妙ニ拝。）

第二部　歌枕の旅（白河の関〜平泉）

一　廿一日（6・8）　霧雨降ル。辰上尅止、宿ヲ出ル。町より西ノ方ニ住吉・玉嶋《たまつしま》ヲ一所ニ祝奉《いはひたてまつる》宮有。古《いにしへ》ノ関ノ明神故ニ二所ノ関ノ名有ノ由、宿ノ主申ニ依テ参詣。ソレヨリ戻リテ関山へ参詣。行基菩薩ノ開基。聖武天皇ノ御願寺、正観音ノ由。成就山満願寺ト云。籏ノ宿より峯迄一里半、麓ヨリ峯迄十八丁。山門有。本堂有。奥ニ弘法大師・行基菩薩堂有。山門ト本堂ノ間、別当ノ寺有。真言宗也。本堂参詣ノ比《ころ》、少雨降ル。暫時止。コレヨリ白河へ壱里半余。中町左五左衛門（ママ）ヲ尋。大野半治へ案内シテ通ル。黒羽へ之小袖・羽織・状、左五左衛門方ニ預置《あづけおく》。置。矢吹へ申《さる》ノ上尅ニ着、宿カル。白河より四里。

今日昼過ヨリ快晴。宿次道程ノ帳有リ。

○白河ノ古関ノ跡、籏ノ宿ノ下里程下野ノ方、追分ト云所ニ関ノ明神有由《あるよし》、相楽乍《さがらさ》憚《たん》ノ伝也。是ヨリ丸ノ分同ジ。

○忘ず山ハ今ハ新地《あらち》山ト云。但馬村ト云所より半道程東ノ方へ行、阿武隈河ノハタ。

○二方ノ山、今ハ二子塚村ト云。右ノ所よりアブクマ河ヲ渡リテ行。二所共ニ関山ヨリ白河ノ方、昔道也。二方ノ山、古哥有由《あるよし》。

みちのくの阿武隈河ノわたり江に人（妹トモ）忘れずの山は有けり
○うたゝねの森、白河ノ近所、鹿嶋の社ノ近所。今ハ木一、二本有。
かしま成うたゝねの森橋たえていなをふせどりも通ハざりけり（八雲ニ有由）
○宗祇もどし橋、白河ノ町（石山より入口）より右、かしまへ行《ゆく》道、ゐた町有。其きわニ成程かすか成《なる》橋也。むかし、結城《ゆふき》殿数代、白河を知《しらせ》玉フ時、一家衆《いっけしゅ》寄合、かしまニて連歌有《ある》時、難句有之《これあり》。いづれも三日付ル事不成《ならず》。宗祇、旅行ノ宿ニテ被聞之《これをきかれ》て、其所へ被趣《おもむかるる》時、四十計ノ女出向、宗祇に「いか成事《なること》にて、いづ方へ」と問。右ノ由尓々《しかじか》。
女「それハ先《さき》に付侍りし」と答てうせぬ。

月日の下に独りこそすめ

付句　かきおくる文のをくには名をとめて

ト申ければ、宗祇かんじられてもどられけりと云伝《いひつたふ》。

一　廿二日（6・9）　須か川、乍単斎《さたんさい》宿、俳有。
一　廿三日（6・10）　同所滞留。晩方へ可伸《かしん》ニ遊《あそび》、帰《かへり》ニ寺々八幡ヲ拝。
一　廿四日（6・11）　主《あるじ》ノ田植。昼過より可伸庵ニ而《て》会有。会席、そば切、祐碩賞之《これをもてなす》。雷雨、暮方止。
一　廿五日（6・12）　主物忌《ものいみ》、別火。

一　廿六日（6・13）　小雨ス。
一　廿七日（6・14）　曇。三つ物ども。芹沢ノ滝へ行。
一　廿八日（6・15）　発足ノ筈《はず》定ル。矢内《やない》彦三郎来而《て》延引ス。昼過ヨリ彼《かの》宅へ行而《て》及暮《くれにおよぶ》。十念寺・諏訪明神へ参詣。朝之内、曇。
一　廿九日（6・16）　快晴。巳《みの》中尅、発足。石河滝見ニ行（此間、さゝ川ト云宿ヨリあさか郡）。須か川より辰巳《たつみ》ノ方壱里半計有。滝より十余丁下ヲ渡リ、上ヘ登ル。歩《かち》ニテ行バ、滝ノ上渡レバ余程近由《ちかきよし》。阿武隈川也。川ハヾ百二、三十間も有之《これあり》。滝ハ筋かへ二百五六十間も可有《あるべし》。高サ二丈、壱丈五六尺、所ニより壱丈計ノ所も有之《これあり》。それより川ヲ左ニナシ、壱里計下リテ、向《むかうに》小作田村と云馬次有。ソレより弐里下リ、守山宿と云馬次有。御代官諸星庄兵へ殿支配也。問屋善兵へ方（手代湯原半太夫）へ幽碩より状被添《そへらるる》故、殊之外取持《とりもつ》。
又、本実坊・善法寺へ矢内弥市右衛門状遣ス。則、善兵へ、矢内ニテ、先《まづ》大元明王へ参詣。裏門より本実坊へ寄、善法寺へ案内シテ本実坊同道ニテ行。村レ雪《（雪村）》哥仙絵・讃宗鑑之由、見物。内、人丸・定家・業平・素性・躬恒、五ふく、智證大し幷金岡がカケル不動拝ス。探幽が大元明王ヲ拝ム。守山迄ハ乍単より馬ニテ被送《おくらる》。昼飯調テ被添《そへらる》。守山より善兵へ馬ニテ郡山（二本松領）迄送ル。カナヤト云村へかゝり、アブクマ川ヲ舟ニテ越、本通日出山《ほんどほりひいでのやま》へ出ル。守山より郡山へ弐里余。日ノ入前、郡山ニ到テ宿ス。

宿ムサカリシ。

▼旧五月（皐月、太陽暦6月17日～7月16日）

一　五月朔日（6・17）　天気快晴。日出ノ比《ころ》、宿ヲ出。壱里半来テヒハダノ宿、馬次也。町はづれ五六丁程過テ、あさか山有。壱リ塚ノキハ也。右ノ方ニ有小山也。アサカノ沼、左ノ方谷也。皆田ニ成《なり》、沼モ少残ル。惣而《そうじて》ソノ辺山より水出ル故、いづれの谷ニも田有。いにしへ皆沼ナラント思也。山ノ井ハコレより（道より左）西ノ方（大山根）三リ程間有テ帷子《かたびら》ト云村（高倉ト云宿より安達郡之内）ニ山ノ井清水ト云有。古《いにしへ》ノにや、ふしん也。二本松の町、奥方ノはづれニ亀ガヒト云町有。ソレより右之方へ切レ、右ハ田、左ハ山ギワヲ通リテ壱リ程行テ、供中《くちゆう》ノ渡ト云テ、アブクマヲ越《こす》舟渡し有リ。ソノ向《むかう》ニ黒塚有。小キ塚ニ杉植テ有。又、近所ニ観音堂有。大岩石タヽミ上ゲタル所後ニ有。古ノ黒塚ハこれならん、右の杉植し所は鬼ヲウヅメシ所成らん、ト別当坊申ス。天台宗也。それより又、右ノ渡ヲ跡へ越《こえ》、舟着ノ岸より細道ヲつたひ、村之内へかゝり、福岡村ト云所より二本松ノ方へ本道へ出ル。二本松より八町ノめへハ二リ余。黒塚へかゝりテハ三里余有べし。八町ノめよりシノブ郡ニテ福嶋領也。福嶋町ヨリ五六丁前、郷ノ目村ニテ神尾氏ヲ尋。三月廿九日、江戸へ被参由《まゐらるるよし》ニテ、御内・御袋へ逢。すぐニ福嶋へ到テ宿ス。日未《いまだ》少シ残ル。宿キレイ也。

一　二日（6・18）快晴。福嶋ヲ出ル。町ハヅレ十町程過テ、イガラベ村ハヅレニ川有。川ヲ不越《こさず》、右の方へ七八丁行テ、アブクマ川ヲ船ニテ越ス。岡部ノ渡リト云。ソレヨリ十七八丁、山ノ方へ行テ、谷アヒニモジズリ石アリ。柵《さく》フリテ有。草ノ観音堂有。杉檜六七本有。虎が清水ト云小ク浅キ水有。福嶋より東ノ方也。其辺ヲ山口村ト云。ソレヨリ瀬ノウヱへ出ルニハ、月ノ輪ノ渡リト云テ、岡部渡ヨリ下也。ソレヲ渡レバ十四五丁ニテ瀬ノウヱ也。山口村より瀬ノ上へ弐里程也。

一　瀬ノ上ヨリ佐場野へ行。佐藤庄司ノ寺有。寺ノ門へ不入《いらず》、西ノ方へ行。堂有。堂ノ後ノ方ニ庄司夫婦ノ石塔有。堂ノ北ノワキニ兄弟ノ石塔有。ソノワキニ兄弟ノハタザホヲサシタレバ、はた出シト云《いふ》竹有《あり》。毎年、弐本づゝ同様ニ生ズ。寺ニハ判官殿笈、弁慶書《かき》シ経ナド有由《あるよし》。系図モ有由。福嶋より弐里。こほりよりモ弐里。瀬ノウヱヨリ壱リ半也。川ヲ越、十町程東ニ飯坂ト云所有。湯有。村ノ上ニ庄司館跡有《あり》。下リニハ福嶋より佐波野・飯坂・桑折《こをり》ト可行《ゆくべし》。上りニハ桑折・飯坂・佐場野・福嶋ト出タル由。昼より曇、夕方より雨降。夜ニ入、強《つよし》。飯坂ニ宿、湯ニ入。

一　三日（6・19）雨降ル。巳《み》ノ上尅止。飯坂ヲ立。桑折（ダテ郡之内）へ二リ。折々小雨降ル。

一　桑折トかいたの間ニ伊達ノ大木戸（国見峠ト云山有）ノ場所有。コスゴウトかいたトノ間ニ福嶋領（今ハ桑折より北ハ御代官所也）ト仙台領（是より刈田郡之内）

トノ堺有。

左ノ方、石ヲ重而《かさねて》有。大仏石ト云由。さい川より十町程前ニ、万ギ沼・万ギ山有。ソノ下ノ道、アブミコ(ワ)ブシト云岩有。二町程下リテ右ノ方ニ次(継)信・忠信が妻ノ御影《みえい》堂有。同晩、白石ニ宿ス。一二三五。

一　四日(6・20)　雨少止《すこしやむ》。辰《たつ》ノ尅、白石《しろいし》ヲ立。折々日ノ光見ル。岩沼入口ノ左ノ方ニ竹駒明神云有リ。ソノ別当ノ寺ノ後ニ武隈ノ松有。竹がきヲシテ有。ソノ辺、侍《さむらひ》やしき也。古市源七殿住所也。

○笠嶋(名取郡之内)、岩沼・増田之間、左ノ方一里計《ばかり》有。三ノ輪・笠嶋と村並而《ならびて》有由、行過テ不見《みず》。

○名取川、中田出口ニ有。大橋 小橋二つ有。左ヨリ右へ流也。

○若林川、長町ノ出口也。此川一ツ隔テ仙台町入口也。

夕方仙台ニ着。其夜宿、国分町大崎庄左衛門。

一　五日(6・21)　橋本善衛門殿へ之状、翁持参。山口与次衛門丈ニ而《て》宿へ断《ことわり》有。須か川吾妻《あづま》五良七より之状、私持参、大町弐丁目、泉屋彦兵へ内、甚兵衛方へ届。甚兵衛留主。其後、此方へ見廻《みまひ》、逢也。三千風《みちかぜ》尋ルニ不知《しれず》。其後、北野や加衛門(国分町より立町へ入、左ノ角ノ家の内)ニ逢、委知ル。

一　六日(6・22)　天気能《よし》。亀が岡八幡へ詣。城ノ追手《おふて》より入。俄ニ雨降ル。茶室へ入、止テ帰ル。

一　七日（6・23）快晴。加衛門（北野加之）同道ニ而《て》権現宮を拝。玉田・横野を見、つゝじが岡ノ天神へ詣、木の下へ行。薬師堂、古《いにし》へ国分尼寺之跡也。帰リ曇。夜ニ入、加衛門・甚兵へ入来《じゆらい》。冊《（短）》尺并横物一幅づゝ翁書給《かきたまふ》。ほし飯一袋・わらぢ二足、加衛門持参。翌朝、のり壱包持参。夜ニ降。

一　八日（6・24）朝之内小雨ス。巳《み》ノ尅より晴ル。仙台ヲ立。十符菅・壺碑ヲ見ル。未《ひつじ》ノ尅、塩竈ニ着、湯漬など喰。末ノ松山・興井《おきのゐ》・野田玉川・おもハくの橋・浮嶋等ヲ見廻り帰。出初ニ塩竈ノかまを見ル。宿、治兵へ。法蓮寺門前。加衛門状添。銭湯有ニ入。

一　九日（6・25）快晴。辰《たつ》ノ尅、塩竈明神ヲ拝。帰而《かへりて》出船。千賀ノ浦・籬《まがキが》嶋・都嶋等所々見テ、午《うま》ノ尅松嶋ニ着船。茶ナド呑テ瑞岩寺詣、不残《のこらず》見物。開山、法身和尚（真壁平四良）。中興、雲居。法身ノ最明寺殿被宿《やどさるる》岩屈《（窟）》有。無相禅屈《（窟）》ト額有。ソレヨリ雄嶋（所ニハ御嶋ト書）所々ヲ見ル（とみ山モ見ユル）。御嶋、雲居ノ坐禅堂有。ソノ南ニ寧一山ノ碑之文有。北ニ庵有。道心者住ス。帰而《かへりて》後、八幡社・五太堂ヲ見。慈覚ノ作。松島ニ宿ス。久之助ト云。加衛門状添。

一　十日（6・26）快晴。松嶋立（馬次ニ而《て》ナシ。間廿丁計）。馬次、高城村、小野（是より桃生郡。弐里半）、石巻（四里余）、仙台より十三里余。小野ト石ノ巻（牡鹿郡）ノ間、矢本新田ト云町ニ而《て》咽乾《のどかわき》、家毎ニ湯乞共不与《こへどもあたへず》。刀さしたる道行人、年五十七、八、此躰《このてい》を憐《あはれみ》テ、知人ノ方へ壱町程立帰《たちかへり》、同道シテ湯を可レ与《あたうべき》由ヲ頼。又、石ノ巻ニテ新田町四兵へと尋、宿可借之《かるべきの》由云テ去ル。名ヲ問、ねこ村（小野ノ近ク）、コンノ源太左衛門殿。如　教《をしへのごとく》、四兵へヲ尋テ宿ス。着ノ後、小雨ス。頓而《やがて》止ム。日和山と云へ上ル。石ノ巻中不残《のこらず》見ゆル。奥ノ海（今ワタノハト云）・遠嶋・尾駮《をぶち》ノ牧山、眼前也。真野萱原《まののかやはら》も少《すこし》見ゆル。帰ニ住吉ノ社参詣。袖ノ渡リ、鳥居ノ前也。

一　十一日（6・27）天気能《よし》。石ノ巻ヲ立。宿四兵へ、今一人、気仙《けせん》へ行トテ矢内津迄同道。後、町ハヅレニテ離ル。石ノ巻二リ、鹿ノ股。飯野川（一リ余渡有）。三リニ遠し。此間、山ノアイ、長キ沼有）。矢内津（一リ半、此間ニ渡し二ツ有）。曇。戸いま（伊達大蔵・検断庄左衛門）、儀左衛門宿不借《やどかさず》、仍《よつて》検断告テ宿ス。

一　十二日（6・28）曇。戸今を立。三リ、雨降出ル。上沼新田町（長根町トモ）。三リ、安久津（松嶋より此迄両人共ニ歩行。雨強降ル。馬ニ乗）。一リ、加沢。三リ、一ノ関（皆山坂也）。黄昏ニ着。合羽モトヲル也。宿ス。

一　十三日（6・29）天気明。巳《み》ノ尅ヨリ平泉へ趣。一リ、山ノ目。壱リ半、平泉（伊沢八幡壱リ余リ奥也）へ以上弐里半ト云ドモ弐リニ近シ。高館・衣川・衣ノ関・中尊寺・光堂（金色寺、別当案内）・泉城・さくら川・さくら山・秀平（衡）やしき等ヲ見ル。泉城ヨリ西霧山見ゆルト云ドモ見へズ。タツコクガ岩ヤへ不行《ゆかず》。三十町有由《あるよし》。月山・白山ヲ見ル。経堂ハ別当留主ニテ不開《あかず》。金雞山見ル。シミン堂《(新御)》、无量劫院《むりやうこふゐん》跡見、申《さる》ノ上剋帰ル。主《あるじ》、水風呂《すいふろ(ママ)》敷ヲシテ待。宿ス。

一　十四日（6・30）天気吉。一ノ関（岩井郡之内）ヲ立。四リ、岩崎《いはがさき》（栗原郡也。一ノハザマ）、藻庭大隅。三リ、真坂（栗原郡也。三ノハザマ、此間ニ二ノハザマ有）。岩崎より金成《かんなり》へ行《ゆく》中程ニつくも橋有。岩崎より壱リ半程、金成よりハ半道程也。岩崎より行《ゆけ》ば道より右ノ方也。

〔真坂〕四リ半、岩手山（伊達将監）。やしきモ町モ平地。上ノ山は正宗ノ初ノ居城也。杉茂リ、東ノ方、大川也。玉造川ト云《いふ》。岩山也。入口半道程前より右へ切レ、一ッ栗ト云村ニ至ル。小黒崎可レ見《みるべし》トノ義也。二リ余、遠キ所也故、川ニ添廻テ、及暮《くれにおよび》岩手山ニ宿ス。真坂ニテ雷雨ス。乃《すなはち》晴、頓而《やがて》又曇テ折〻小雨スル也。

　中新田町　小野田（仙台より最上への道ニ出合）　原ノ町　門沢（関所有）　漆沢　軽井沢　上ノ畑　野辺沢　尾羽根沢　大石田（船乗）　岩手山より門沢迄、すぐ道も有也。

第三部　太陽と月（尿前の関〜越後路）

一　十五日（7・1）　小雨ス。右ノ道遠ク、難所有之《これある》由故、道ヲかへテ、二リ、宮○壱リ半、かぢハ沢。此辺ハ真坂より小蔵ト云かゝりテ、此宿へ出タル、各《(格)》別近シ。

○此間、小黒崎・水ノ小嶋有。名生貞《ミヤウサダ》ト云村ヲ黒崎ト、所ノ者云也。其ノ南ノ山ヲ黒崎山ト云。名生貞ノ前、川中ニ岩嶋ニ松三本、其外小木生テ有、水ノ小嶋也。今ハ川原、向付タル也。古《いにし》へハ川中也。宮・一ツ栗ノ間、古へハ入江シテ、玉造《たまつくり》江《え》成《なり》ト云。今、田畑成也。

壱リ半尿前《シトマヘ》。シトマへ、取付左ノ方、川向ニ鳴子ノ湯有。沢子ノ御湯成ト云。仙台ノ説也。関所有。断六ケ敷《ことわりむつかしき》也。出手形ノ用意可有之《これあるべき》也。壱リ半、中山。

○堺田（村山郡小田嶋庄小国之内）。出羽新庄領也。中山より入口五六丁先ニ堺杭有。

○十六日（7・2）　堺田ニ滞留。大雨、宿（和泉庄や、新右衛門兄也）。

○十七日（7・3）　快晴。堺田ヲ立。一リ半、笹森関所有。新庄領。関守ハ百姓ニ貢ヲ宥《ゆる》シ置也。サヽ森、三リ、市野ゝ。小国ト云ヘカヽ、レバ廻リ成《なる》故、一バネト云山路ヘカヽリ、此所ニ出。堺田より案内者ニ荷持せ越《こす》也。市野ゝ五六丁行テ関有。最上御代官所也。百姓番也。関ナニトヤラ云《いふ》村也。正厳・尾花沢ノ間、村有。是《これ》、野辺沢へ分ル也。正ゴンノ前ニ大夕立ニ逢。昼過、清風へ着、一宿ス。
○十八日（7・4）昼、寺ニテ風呂有。小雨ス。ソレヨリ養泉寺移リ居。
○十九日（7・5）朝晴ル。素英、ナラ茶賞ス。夕方小雨ス。
廿日（7・6）小雨。
廿一日（7・7）朝、小三良へ被招《まねかる》。同晩、沼沢所左衛門へ被招。此ノ夜、清風ニ宿。
廿二日（7・8）晩、素英へ被招。
廿三日（7・9）ノ夜、秋調へ被招。日待《ひまち》也。ソノ夜清風ニ宿ス。
廿四日（7・10）之晩、一橋、寺ニテ持賞《もてな》ス。十七日より終日晴明ノ日ナシ。
○秋調　仁左衛門。○素英　村川伊左衛門。○一中　町岡素雲。
○一橋　田中藤十良。遊川　沼沢所左衛門。東陽　歌川平蔵。
○大石田、一栄　高野平右衛門。○同、川水　高桑加助。○上京、鈴木宗専、俳名似林、息小三良。新庄、渋谷甚兵へ風流。
○廿五日（7・11）折々小雨ス。大石田より川水入来《じゆらい》、連衆故障有テ俳ナシ。夜ニ入、秋調ニテ庚申待《かうしんまち》ニテ被招。
廿六日（7・12）昼ヨリ於遊川《いうせんにおいて》ニ東陽持賞《もてな》ス。此日も小雨ス。
○廿七日（7・13）天気能《よし》。辰《たつ》ノ中尅、尾花沢ヲ立テ、立石寺へ趣。清風より馬ニテ館岡迄被送《おくら》ル。尾花沢。二リ、元飯田。一リ、館岡。一リ、六田（山形ヘ三リ半、馬次間ニ内蔵ニ逢）。二リよ、天童。一リ半ニ近シ、山寺（宿預リ坊。其日、山上・山下巡礼終ル）。未《ひつじ》ノ下尅ニ着。是より山形ヘ三リ。

山形ヘ趣カンシテ止ム。是より仙台ヘ越《こゆる》路有。関東道、九十里余。

一　廿八日（7・14）馬借テ天童ニ趣。六田ニテ、又内蔵ニ逢。立寄ば持賞《もてな》ス。未ノ中尅、大石田一英(栄)宅ニ着。両日共ニ危シテ雨不降(降)。(本)上飯田より壱リ半。川水出合。其夜、労ニ依テ無俳《はいなし》。休ス。

一　廿九日（7・15）夜ニ入小雨ス。発一巡終テ、翁、両人誘テ黒滝ヘ被参詣《さんけいせらる》。予所労故、止《とどまる》。未尅被帰《かへらる》。道々俳有。夕飯、川水ニ持賞《もてなし》。夜ニ入、帰。

○一　晦日（7・16）朝曇、辰《たつの》刻晴。歌仙終。翁其辺ヘ被遊《あそばれ》、帰、物ども被書《かかる》。

▼旧六月（水無月、太陽暦7月17日〜8月14日）

○六月朔（7・17）大石田を立。辰《たつの》刻、一栄・川水、弥陀堂迄送ル。馬弐疋、舟形迄送ル。二リ。一リ半、舟形。大石田より出手形ヲ取、ナキ沢ニ納通《をさめとほ》ル。新庄より出ル時ハ新庄ニテ取リテ、舟形ニテ納通《をさめとほる》。両所共ニ入《いる》ニハ不構《かまはず》。二リ八丁新庄、風流ニ宿ス。

二日（7・18）昼過より九郎兵衛ヘ被招《まねかる》。彼是《かれこれ》、歌仙一巻有。盛信、息、塘夕、渋

谷仁兵衛、柳風共。孤松、加藤四良兵衛。如流、今藤彦兵衛。木端、小村善衛門。風流、渋谷甚兵へ。

○三日（7・19）　天気吉《よし》。新庄ヲ立、一リ半、元合海、次良兵へ方へ甚兵へ方より状添ル。大石田平右衛門方よりも状遣ス。船、才覚シテノスル（合海より禅僧二人同船、清川ニテ別ル。毒海チナミ有）。一リ半古口へ舟ツクル。是又、平七方へ新庄甚兵へより状添。関所、出手形、新庄より持参。平七子、呼四良、番所へ持行。舟ツギテ、三リ半、清川ニ至ル。酒井左衛門殿領也。此間ニ仙人堂・白糸ノタキ、右ノ方ニ有。平七より状添方ノ名忘タリ。状不レ添シテ番所有テ、船ヨリアゲズ。一リ半、雁川、三リ半、羽黒手向荒町。申《さる》ノ刻、近藤左吉ノ宅ニ着。本坊ヨリ帰リテ会ス。本坊若王寺別当執行代和交院へ、大石田平右衛門より状添。露丸子へ渡。本坊へ持参、再帰テ、南谷へ同道。祓川《はらひかは》ノ辺よりクラク成。本坊ノ院居所也。

○四日（7・20）　天気吉。昼時、本坊へ蕎切ニテ被招《まぬかれ》、会覚ニ謁ス。并南部殿御代参ノ僧浄教院・江州円入ニ会ス。俳、表計《ばかり》ニテ帰ル。三日ノ夜、希有《けうに》観修坊釣雪逢。互ニ泣弟（涕泣ス）ヌ。

○五日（7・21）　朝ノ間、小雨ス。昼より晴ル。昼迄断食シテ註連《しめ》カク。夕飯過テ、先、羽黒ノ神前ニ詣。帰、俳一折ニミチヌ。

○六日（7・22）　天気吉。登山。三リ、強清水。二リ、平清水《ヒラシヅ》。二リ、高清。是迄馬足叶《かなふ》。道人《だうじんの》家、小ヤガケ也。弥陀原（中食ス。是よりフダラ・ニゴリ沢・御浜ナド、云へカケル也。難所成《なり》。こや有）御田有。行者戻リ、こや有。申ノ上尅、月山ニ至。先、御室ヲ拝シテ、角兵衛小ヤニ至ル。雲晴テ来光ナシ。タニハ東ニ、旦《あした》ニハ西ニ有由也。

○七日（7・23）湯殿へ趣。鍛冶ヤシキ、コヤ有。本道寺へも岩根沢へも行也。牛首コヤ有。不浄汚離、コヽニテ水アビル。少シ行テ、ハラジヌギカヱ、手繈カケナドシテ御前ニ下ル（御前よりスグニシメカケ・大日坊へカヽリテ鶴ヶ岡へ出ル道有）。是より奥へ持タル金銀銭持《もつ》テ不レ帰《かへらず》。惣而取落《そうじてとりおとす》モノ取上ル事不成《ならず》。浄衣・法冠・シメ計ニテ行。昼時分、月山ニ帰ル。昼食シテ下向ス。強清水迄光明坊より弁当持せ、サカ迎《むかひ》せラル。及暮《くれにおよび》、南谷ニ帰。甚労《はなはだつか》ル。

△ハラヂヌギカヘ場よりシヅト云所へ出テ、モガミへ行也。

△堂者坊ニ一宿。三人、壱歩。月山、一夜宿。コヤ賃廿文。方々役銭弐百文之内。散銭弐百文之内。彼是、壱歩銭不余《あまらず》。

○八日（7・24）朝ノ間小雨ス。昼時ヨリ晴。和交院御入、申ノ刻ニ至ル。

○九日（7・25）天気吉、折々曇。断食。及昼《ひるにおよび》テシメアグル。ソウメンヲ進ム。亦、和交院ノ御入テ、飯・名酒等持参。申刻ニ至ル。花ノ句ヲ進テ、俳、終。ソラ発句、四句迄出来ル。

○十日（7・26）曇。飯道寺正行坊入来《じゆらい》、会ス。昼前、本坊ニ至テ、蕎切・茶・酒ナド出、未《ひつじ》ノ上刻ニ及ブ。道迄、円入被迎《むかへらる》。又、大杉根迄被レ送《おくらる》。祓川ニシテ手水《てうづ》シテ下ル。左吉ノ宅ヨリ翁計馬ニテ、光堂迄釣雪送ル。左吉同道。々《（道々）》小雨ス。ヌル、ニ不及《およばず》。申《さる》ノ刻、靏ケ岡長山五良右衛門宅ニ至ル。粥ヲ望、終テ眠休シテ、夜ニ入テ発句出テ一巡終ル。

○十一日（7・27）折々村雨ス。俳有。翁、持病不快故、昼程中絶ス。

○十二日（7・28）朝ノ間村雨ス。昼晴。俳、歌仙終ル。

○羽黒山南谷方（近藤左吉・観修坊、南谷方也）・且所院・南陽院・山伏源長坊・光明坊・息平井貞右衛門。○本坊芳賀兵左衛門・大河八十良・梨水・新宰相。

△花蔵院△正隠院、両先達也。円入（近江飯道寺不動院ニテ可尋《たづぬべし》）、七ノ戸南部城下、法輪院寺内浄教院珠妙。

△靏ケ岡、山本小兵へ殿、長山五郎右衛門縁者。図司藤四良、近藤左吉舎弟也。

一　十三日（7・29）川船ニテ坂田ニ赴《おもむく》。船ノ上七里也。陸五里成《なり》ト。出船ノ砌《みぎり》、羽黒より飛脚、旅行ノ帳面被調《てうじられ》、被遣《つかはさる》。又、ゆかた二ツ被贈《おくらる》。亦、発句共も被為見《みせらる》。船中少シ雨降テ止。申《さる》ノ刻より曇。暮ニ及テ坂田ニ着。玄順亭へ音信《おとづれ》、留主ニテ、明朝逢。

○十四日（7・30）寺嶋彦助亭へ被招《まねかる》。俳有。夜ニ入《いり》帰ル。暑甚シ。

○十五日（7・31）象潟へ趣《おもむく》。朝ヨリ小雨。吹浦ニ到ル前より甚雨。昼時、吹浦ニ宿ス。此間六リ、砂浜、渡シ二ツ有。左吉状届。晩方、番所裏判済。

○十六日（8・1）吹浦ヲ立。番所ヲ過ルト雨降出ル。一リ、女鹿。是より難所。馬足不通《とほらず》。番所手形納。大師崎共、三崎共云。一リ半有小砂川《こさがは》、御領也。庄内預リ番所也。入ニハ不入手形《てがたいらず》。塩越迄三リ。半途ニ関ト云村有（是より六郷庄之助殿領）。ウヤムヤノ関成《なり》ト云。此間、雨強ク甚濡。船小ヤ入テ休。昼ニ及テ塩越ニ着。佐々木孫左衛門尋テ休。衣類借リテ濡衣干ス。ウドン喰。所ノ祭ニ付《つきて》而女客有ニ因テ、向屋《むかひや》ヲ借リテ宿ス。先《まづ》、象潟橋迄行《ゆきて》而、雨暮気色ヲミル。今野加兵へ、折々来テ被レ訪《とはる》。

十七日（8・2）朝、小雨。昼ヨリ止テ日照。朝飯後、皇宮山蚶彌（満）寺へ行。道々眺望ス。帰テ所ノ祭渡ル。過テ、熊野権現ノ社へ行、躍《をどり》等ヲ見ル。夕飯過テ、潟へ船ニテ出ル。加兵衛、茶・酒・菓子等持参ス。帰テ夜ニ入、今野又左衛門入来《じゆらい》。象潟縁起等ノ絶タルヲ歎ク。翁諾ス。弥三良低耳、十六日ニ跡ヨリ追来テ、所々へ随身ス。

○十八日（8・3）快晴。早朝、橋迄行、鳥海山ノ晴嵐ヲ見ル。飯終テ立。アイ風吹《ふき》テ山海快《こころよし》。暮ニ及テ、酒田ニ着。

○十九日（8・4）快晴。三吟始。明廿日、寺嶋彦助江戸へ被趣《おもむかるる》ニ因テ状認《したたむ》。翁より杉風、又鳴海《なるみ》寂照・越人へ被遣《つかはさるる》。予、杉風・深川長政へ遣ス。

○廿日（8・5）快晴。三吟。

○廿一日（8・6）快晴。夕方曇。夜ニ入、村雨シテ止。三吟終。

○廿二日（8・7）曇。夕方晴。

○廿三日（8・8）晴。近江や三良兵《さぶらうべ》へ被招《まねかる》。夜ニ入《いり》、即興の発句有《あり》。

廿四日（8・9）朝晴。夕ヨリ夜半迄雨降ル。

一　廿五日（8・10）吉《よし》。酒田立。船橋迄被送《おくらる》。袖ノ浦、向《むかひ》也。不玉父子・徳左・四良右・不白・近江や三郎兵・かゞや藤右・宮部弥三郎等也。未《ひつじ》ノ尅、大山ニ着。状添《そへ》而《て》丸や義左衛門方ニ宿。夜雨降。

○廿六日（8・11）晴。大山ヲ立。酒田より浜中へ五リ近し。浜中ヨリ大山へ三リ近し。大山より。三瀬《さんぜ》へ三里十六丁、難所也。三瀬より温海《あつみ》へ三リ半。此内、小波渡《こばと》・大波渡《おおばと》・潟苔沢《かたのりさは》ノ辺ニ鬼かけ橋・立岩、色々ノ岩組景地有。未ノ尅、温海ニ着。鈴木所左衛門宅ニ宿。弥三良添状有。少手前より小雨ス。及暮《くれにおよび》、大雨。夜中、不止《やまず》。

○廿七日（8・12）雨止。温海立。翁ハ馬ニテ直《すぐ》ニ鼠ヶ関被趣《おもむかる》。予ハ湯本へ立寄、見物シテ行。半道計ノ山ノ奥也。今日も折々小雨ス。及暮、中村ニ宿ス。

○廿八日（8・13）朝晴。中村ヲ立、到蒲萄《ぶだう》（名ニ立程ノ無レ難所《なんじよなし》）。甚雨降ル。追付止《おつつけやむ》。申《さる》ノ上刻ニ村上ニ着。宿借テ城中へ案内。喜兵・友兵来テ逢。彦左衛門ヲ同道ス。

○廿九日（8・14）天気吉。昼時（帯刀公ヨリ百疋給）喜兵・友兵来テ、光栄寺へ同道。一燈公ノ御墓拝。道ニテ鈴木治部右衛門ニ逢。帰、冷麦持賞《もてなす》。未《ひつじ》ノ下尅、宿久左衛門同道ニテ瀬波へ行。帰、喜兵御隠居より被下物《くだされもの》、山野等より之奇物持参。又御隠居より重之内被下《くださる》。友右より瓜、喜兵内より干菓子等贈。

▼旧七月（文月、太陽暦8月15日～9月13日）

一　七月朔日（8・15）折々小雨降ル。喜兵・太左衛門・彦左衛門・友右等尋《たづぬ》。喜兵・太左衛門ハ被見立《みたてらる》。朝之内、泰叟院(寺)へ参詣。巳《み》ノ尅、村上ヲ立。午《うま》ノ下尅、乙《きのと》村ニ至ル。次作ヲ尋、甚持賞《もてな》ス。乙宝寺《おつぽうじ》へ同道、帰而《かへりて》つゐ地村、息次市良方へ状添遣《そへつかは》ス。乙宝寺参詣前大雨ス。則刻止。申《さる》ノ上尅、雨降出。及暮《くれにおよび》、つゐ地村次市良へ着、宿。夜、甚強雨ス。朝、止、曇。

二日（8・16）辰《たつ》ノ刻、立。喜兵方より大庄や七良兵へ方へ之状は愚状に入《いれ》、返ス。昼時分より晴、アイ風出。新潟へ申ノ上刻、着。一宿ト云、追込宿之外は不借《かさず》。大工源七母、有情《なさけあり》、借《かす》。甚持賞ス。

〇三日（8・17）快晴。新潟を立。馬高ク、無用之由、源七指図ニ而歩行ス。申ノ下刻、弥彦ニ着ス。宿取テ、明神へ参詣。

〇四日（8・18）快晴。風、三日同風也。辰ノ上刻、弥彦ヲ立。弘智法印像為レ拝《おがむため》。峠より右へ半道計行。谷ノ内、森有、堂有、像有。二三町行テ、最正寺ト云所ヲ、ノズミト云浜へ出テ、十四五丁、寺泊ノ方へ来リテ、左ノ谷間ヲ通リテ、国上《くがみ》へ行《ゆく》道有。荒井(谷)ト云塩浜ヨリ壱リ計有。寺泊ノ方ヨリハ、ワタベト云所へ出テ行也。寺泊リノ後也。壱リ有。同晩、申ノ上刻、出雲崎ニ着、宿ス。夜中、雨強降。

○五日（8・19）　朝迄雨降ル。辰ノ上刻止。出雲崎ヲ立。間モナク雨降ル。至柏崎ニ《かしはざきにいたる》、天や弥惣兵衛へ弥三良状届《とどけ》、宿ナド云付《いひつく》ルトイへドモ、不快シテ出ヅ。道迄両度人走《はしらせ》テ止《とむ》、不止《とまらず》シテ出《いづ》。小雨折々降ル。申ノ下尅、至鉢崎。宿たわらや六郎兵衛。

○六日（8・20）　雨晴。鉢崎ヲ昼時、黒井ヨリスグニ浜ヲ通テ、今町へ渡ス。聴信寺へ弥三状届。忌中ノ由ニテ強而《しひて》不止《とまらず》、出《いづ》。石井善次良聞テ人ヲ走ス。不帰《かへらず》。及再三《さいさんにおよび》、折節雨降出ル故、幸ト帰ル。宿、古川市左衛門方ヲ云付ル。夜ニ至テ、各来ル。発句有。

○七日（8・21）　雨不止故《やまざるゆゑ》、見合《みあはする》中ニ、聴信寺へ被招《まねかる》。再三辞ス。強招《つよく》ニッ(クニ)及暮《くれにおよぶ》。昼、少之内、雨止。其夜、佐藤元仙へ招テ俳有テ、宿《やどる》。夜中、風雨甚《はなはだし》。

○八日（8・22）　雨止。欲立《たたんとほっす》。強而《しひて》止テ喜衛門饗ス。饗畢《をはり》、立。未《ひつじ》ノ下尅、至高田《たかだにいたる》ニ。細川春庵ヨリ人遣シテ迎、連テ来ル。春庵へ不寄《よらず》シテ、先《まづ》、池田六左衛門ヲ尋《たづぬ》。客有。寺ヲかり、休ム。又、春庵ヨリ状来ル。頓而《やがて》尋。発句有。俳初ル。宿六左衛門、子甚左衛門ヲ遣ス。謁ス。

○九日（8・23）　折々小雨ス。俳、歌仙終。

○十日（8・24）折々小雨。中桐甚四良へ被招《まねかれ》、歌仙一折有。夜ニ入テ帰。夕方より晴。

○十一日（8・25）快晴。暑甚シ。巳《み》ノ下尅、高田ヲ立。五智・居多《こた》ヲ拝。名立《なだち》ハ状不届《とどけず》。直《すぐ》ニ能生《のふ》へ通、暮《くれ》テ着。玉や五良兵衛方ニ宿。月晴。

第四部　浮世帰り（市振の関～大垣）

○十二日（8・26）天気快晴。能生ヲ立。早川ニテ翁ツマヅカレテ衣類濡《ぬれ》、川原暫干ス。午《うま》ノ尅、糸魚川ニ着。荒や町、左五左衛門ニ休ム。大聖寺ソセツ師言伝《ことづて》有。母義、無叓《ぶじ》ニ下着、此地平安ノ由。申《さる》ノ中尅、市振ニ着、宿。

○十三日（8・27）市振立。虹立。玉木村、市振ヨリ十四五丁有。中・後ノ堺、川有。渡テ越中ノ方、堺村ト云。加賀ノ番所有。出手形入《いる》ノ由。泊ニ至テ越中ノ名所少々覚者有《おぼゆるものあり》。入善ニ至テ馬ナシ。人雇テ荷ヲ持せ、黒部川ヲ越。雨ツヾク時ハ山ノ方へ廻ベシ。橋有。壱リ半ノ廻リ坂有。昼過、雨為降《ふらんとして》晴。申ノ下尅、滑河ニ着、宿。暑気甚シ。

○十四日（8・28）快晴。暑甚シ。富山カヽラズシテ（滑川一リ程来、渡テトヤマへ別）、三リ、東石瀬野（渡シ有。大川）。四リ半、ハウ生子（渡有。甚大川也。半里計）。氷見へ欲《ゆかんとほつして》レ行、不往《ゆかず》。高岡へ出ル。二リ也。ナゴ・二上山・イハセノ等ヲ見ル。高岡ニ申ノ上刻着テ宿。翁、気色不勝《すぐれず》。暑極テ甚。不快同然。

一　十五日（8・29）快晴。高岡ヲ立。埴生《はにふ》八幡ヲ拝ス。源氏山、卯ノ花山也。クリカラヲ見テ、未《ひつじ》ノ中刻、金沢ニ着。

京や吉兵衛ニ宿かり、竹雀・一笑へ通ズ、艮《（即）》刻、竹雀・牧童同道ニテ来テ談。一笑、去十二月六日死去ノ由。

一　十六日（8・30）快晴。巳《み》ノ刻、カゴヲ遣シテ竹雀ヨリ迎、川原町宮竹や喜左衛門方へ移ル。段々各来ル。謁ス。

一　十七日（8・31）快晴。翁、源意庵へ遊。予、病気故、不随《したがはず》。今夜、丑《うし》ノ比《ころ》ヨリ雨強降テ、暁止。

一　十八日（9・1）快晴。

一　十九日（9・2）快晴。各来。

一　廿日（9・3）快晴。庵ニテ一泉饗。俳、一折有テ、夕方、野畑ニ遊。帰テ、夜食出テ散ズ。子《ね》ノ刻ニ成。

一　廿一日（9・4）快晴。高徹ニ逢、薬ヲ乞《こふ》。翁ハ北枝・一水同道ニテ寺ニ遊。十徳二ツ。十六四。

一　廿二日（9・5）快晴。高徹見廻《みまふ》。亦、薬請《うく》。此日、一笑追善会《ゑ》、於□□（空白）寺興行。各朝飯後ヨリ集。予、病気故、未《ひつじ》ノ刻ヨリ行、暮過、各ニ先達《さきだつて》而帰。亭主丿松《べつしよう》。

一　廿三日（9・6）快晴。翁ハ雲口主《あるじ》ニテ宮ノ越ニ遊。予、病気故、不行《ゆかず》。江戸へノ状認《したたむ》。鯉市・田平・川源等へ也。徹ヨリ薬請。以上六貼《でふ》也。今宵、牧童・紅爾等願滞留。

一　廿四日（9・7）快晴。金沢ヲ立。小春・牧童・乙州、町ハヅレ迄送ル。雲口・一泉・徳子等、野々市迄送ル。餅・酒等持参。申《さる》ノ上剋、小松ニ着。竹意同道故、近江やト云ニ宿ス。北枝随之《これにしたがふ》。夜中、雨降ル。

一　廿五日（9・8）快晴。欲レ小松立《こまつをたたんとほつす》。所衆聞《ききて》而以北枝留《ほくしをもつてとどむ》。立松寺へ移ル。多田八幡へ詣デ、真（実）盛が甲冑・木曾願書ヲ拝。終テ山王神主藤井（村）伊豆宅へ行。有会《くわいあり》。終而《をはつて》此ニ宿。申ノ刻ヨリ雨降リ、夕方止。夜中、折々降ル。

一　廿六日（9・9）朝止テ巳《み》ノ刻ヨリ風雨甚シ。今日ハ歓生へ（ママ）方へ被招《まねかる》。申ノ刻ヨリ晴。夜ニ入テ、俳、五十句。終而《をはりて》帰ル。庚申《かうしん》也。

一　廿七日（9・10）快晴。所ノ諏訪宮祭ノ由聞テ詣。巳《み》ノ上刻、立。斧ト・志格等来テ留《とどむ》トイヘドモ、立。伊豆尽甚持賞《もてな》ス。八幡へノ奉納ノ句有。真（実）盛が句也。予・北枝随之《これにしたがふ》。

一　同晩　山中ニ申《さる》ノ下剋、着。泉屋久米之助方ニ宿ス。山ノ方、南ノ方ヨリ北へ夕立通ル。

一　廿八日（9・11）快晴。夕方、薬師堂其外町辺ヲ見ル。夜ニ入、雨降ル。

一　廿九日（9・12）快晴。道明淵、予、不往《ゆかず》。

一　晦日（9・13）快晴。道明が淵。

▼旧八月（葉月、太陽暦9月14日〜10月12日）

一　八月朔日（9・14）快晴。黒谷橋へ行。

一　二日（9・15）快晴。

〇三日（9・16）雨折々降。及暮《くれにおよび》、晴。山中故、月不得見《みることをえず》。夜中、降ル。

一　四日（9・17）朝、雨止。巳ノ刻、又降而止《ふりてやむ》。夜ニ入、降ル。

一　五日（9・18）朝曇。昼時分、翁・北枝、那谷へ趣《おもむく》。明日、於小松ニ《こまつにおいて》、生駒万子為出会也《しゆつくわいのため》。順従シテ帰テ、艮（即）刻、立。

【ここから曾良の単独行動】

大正侍《だいしやうじ》ニ趣。全昌寺へ申刻《さるの》着、宿。夜中、雨降ル。

一　六日（9・19）雨降。滞留。未《ひつじ》ノ刻、止。菅生石（敷地ト云）天神拝。将監湛照、了山。

一　七日（9・20）快晴。辰《たつ》ノ中刻、全昌寺ヲ立。立花《たちばな》十町程過テ茶や有。ハヅレより右へ吉崎へ半道計、一村分《わけ》テ、加賀・越前領有。カヾノ方よりハ舟不出《いださず》。越前領ニテ舟カリ、向《むかふ》へ渡ル。水、五六丁向、越前也。（海部二リ計ニ三国見ユル）。下リニハ手形ナクテハ吉崎へ不レ越《こせず》。コレヨリ塩越、半道計。又、此村ハヅレ迄帰《かへり》テ、北潟《きたかた》ト云所へ出。壱リ計也。北潟より渡シ越テ壱リ余、金津《かなつ》ニ至ル。三国《みくに》へ二リ余。申《さる》ノ下刻、森岡ニ着。六良兵衛ト云者ニ宿ス。

一　八日（9・21）快晴。森岡ヲ日ノ出ニ立テ、舟橋ヲ渡テ、右ノ方廿丁計ニ道明寺村有。少《すこし》南ニ三国海道有。ソレヲ福井ノ方へ十丁程往《ゆき》テ、新田塚《にったづか》、左ノ方ニ有。コレヨリ黒丸見ワタシテ、十三四丁西也。新田塚ヨリ福井、廿丁計有。巳《み》ノ刻前ニ福井へ出ヅ。苻（府）中ニ至ルトキ、未《ひつじ》ノ上刻、小雨ス。艮（即）、止。申ノ下刻、今庄ニ着、宿。

一　九日（9・22）快晴。日ノ出過ニ立。今庄ノ宿ハヅレ、板橋ノツメヨリ右へ切テ、木ノメ峠ニ趣《おもむき》、谷間ニ入《いる》也。右ハ火うチガ城、十丁程行テ、左リ、カヘル山有。下ノ村、カヘルト云。未ノ刻、ツルガニ着。先《まづ》、気比《けひ》へ参詣シテ宿カル。唐人ガ橋大和や久兵へ。食過テ金ケ崎へ至ル。山上迄廿四五丁。夕ニ帰。カウノヘノ船カリテ、色浜《いろのはま》へ趣。海上四リ。戌《いぬの》刻　出船。夜半ニ色へ着。クガハナン所。塩焼男導テ本隆寺へ行テ宿。

朝、浜出、詠ム。日連（蓮）ノ御影堂ヲ見ル。十日（9・23）快晴。巳《みの》刻、便船有テ、上宮趣。二リ。コレヨリツルガヘモ二リ。ナン所。帰ニ西福寺へ寄《より》、見ル。申《さる》ノ中刻、ツルガヘ帰ル。夜前《やぜん》、出船前、出雲や弥市良へ尋。隣也。金子壱両、翁へ可渡之旨《わたすべきのむね》申頼預置也《まうしたのみあづけおく》。夕方ヨリ小雨ス。頓《やがて》而止。

一　十一日（9・24）快晴。天《てん》や五郎右衛門尋テ、翁へ手紙認《したため》、預置。五郎右衛門ニハ不逢《あはず》。巳ノ上刻、ツルガ立。午ノ刻より曇、涼シ。申ノ中刻、木ノ本へ着。

一　十二日（9・25）少曇。木ノ下（本）ヲ立。午ノ尅、長浜ニ至ル。便船シテ、彦根ニ至ル。城下ヲ過テ平田ニ行。禅桃留主《るす》故《ゆゑ》、鳥本ニ趣テ宿ス。宿カシカネシ。夜ニ入、雨降。

一　十三日（9・26）雨降ル。多賀へ参詣。鳥本ヨリ弐里戻ル。帰テ、摺針ヲ越、関ケ原ニ至テ宿。夕方、雨止。

一　十四日（9・27）快晴。関ケ原ヲ立。野上ノ宿過テ、右ノ方へ切テ、南宮ニ至テ拝ス。不破修理《しゆり》ヲ尋テ別龍霊社へ詣。修理、汚穢《をわい》有テ別居ノ由ニテ不逢《あはず》。弟、斎藤右京同道。ソレヨリスグ道ヲ経テ、大垣ニ至ル。弐里半程。如行ヲ尋、留主。息、止テ宿ス。夜ニ入、月見シテアリク。竹戸《ちくこ》出逢。清明。

一　十五日（9・28）曇。辰《たつ》ノ中尅、出船。嗒山《たふざん》・此筋《しきん》・千川・暗香へノ状残《のこす》。翁へモ残ス。如行へ発句ス。竹戸、脇ス。未《ひつじ》ノ尅、雨降出ス。申《さる》ノ下尅、大智院ニ着。院主、西川ノ神事ニ而《て》留主。夜ニ入テ、小寺氏へ行、道ニテ逢テ、其夜、宿。

○十六日（9・29）快晴。森氏、折節入来《じゆらい》、病躰談《だんず》。七ツ過、平右へ寄。夜ニ入、小芝母義《ぼぎ》・彦助入来。道より帰テ逢テ、玄忠へ行、及戌刻《いぬのこくにおよぶ》。其夜ヨリ薬用。

○十七日（9・30）快晴。

○十八日（10・1）雨降。

○十九日（10・2）天気吉。

●廿日（10・3）同

○廿一日（10・4）同。

○廿二日（10・5）・廿三日（10・6）快晴。

廿四日（10・7）晴。

○廿五日（10・8）巳《みの》下刻ヨリ降ル。

○廿六日（10・9）晴。

廿七・八・九（10・10、11、12）晴。

▼旧九月（葉月、太陽暦10月13日〜11月11日）

九月朔日（10・13）晴。

二日（10・14）晴。大垣為行《ゆくため》。今《けふ》、申《さる》ノ尅ヨリ長禅寺へ行而《ゆきて》宿。海蔵寺ニ出会《しゆつくわい》ス。

●三日（10・15）辰《たつ》ノ尅、立。乍行《ゆきながら》春老へ寄、及夕《ゆふべにおよび》、大垣ニ着。

【ここまで曾良の単独行動】


天気吉。此夜、木因ニ会。息弥兵へヲ呼ニ遣《つかは》セドモ不行《ゆかず》。予ニ先達而《さきだつて》越人着故《つくゆゑ》、コレハ行《ゆく》。

四日（10・16）天気吉。源兵へ、会ニ而《て》行。

五日（10・17）同。

六日（10・18）同。辰《たつの》尅出船。木因、馳走。越人、船場迄送ル。如行、今一人、三リ送ル。餞別有。申《さる》ノ上尅、杉江へ着。予、長禅寺へ上テ、陸ヲスグニ大智院へ到。舟ハ弱半時程遅シ。七左・玄忠由軒来テ翁ニ遇ス。


（以下省略）

芭蕉　略年譜

一六〇〇年（慶長五）関ヶ原の戦。

一六〇三年（慶長八）徳川家康、江戸に幕府を開く。

一六一四年（慶長一九）大坂冬の陣。

一六一五年（慶長二〇）大坂夏の陣、豊臣家滅亡。

一六三七年（寛永一四）島原の乱。

一六三九年（寛永一六）ポルトガル船の来航禁止。

一六四二年（寛永一九）井原西鶴（―一六九三）生まれる。

誕生

一六四四年（寛永二一）1歳　伊賀国上野（三重県伊賀市）赤坂町で松尾与左衛門、梅の次男として生まれる。幼名、金作。兄一人、姉一人、妹三人。

一六五三年（承応二）10歳　近松門左衛門（―一七二四）生まれる。

一六五四年（承応二）貞徳（一五七一―）死去。

一六五六年（明暦二）13歳　父死去。

貞門時代

一六六二年（寛文二）19歳　このころから津藩伊賀付侍大将、藤堂新七郎義精の嫡男良忠（俳号蟬吟）に仕え、忠右衛門宗房と名乗る。貞門俳諧選集『小夜中山集』（重頼撰）に蟬吟とともに二句入集。

一六六六年（寛文六）23歳　蟬吟死去、25歳。

一六七二年（寛文一二）29歳　初の著作である俳諧選集『貝おほひ』を伊賀上野の天満宮に奉納。江戸に下る（東下）。

一六七四年（延宝二）31歳　季吟から俳諧秘伝書『誹諧埋木』を伝授される。

談林時代

一六七五年（延宝三）32歳　宗因歓迎の百韻に参加。このころから桃青と号する。

一六七八年（延宝六）35歳　日本橋で俳諧宗匠として独立（立机）。

一六八〇年（延宝八）37歳　『桃青門弟独吟二十歌仙』刊行。多くの優秀な門弟を擁して江戸俳壇にその名を知られる。「枯枝に烏のとまりたるや秋の暮」を詠む。杉風の支援を受けて深川に転居（深川退隠）、泊船堂と号する。仏頂和尚に参禅。

一六八一年（延宝九）38歳　門人から芭蕉の株を贈られる。

一六八二年（天和二）39歳　芭蕉と号する。談林派を率いた宗因（一六〇五—）死去。八百屋お七火事で芭蕉庵焼失。

一六八三年（天和三）40歳　『みなしぐり（虚栗）』刊行。芭蕉庵再建。

一六八四年（貞享元）41歳　『野ざらし紀行』の旅。『冬の日』刊行。

蕉風時代

一六八六年（貞享三）43歳　蕉風開眼の句「古池や蛙飛こむ水のおと」を詠む。『はるの日（春の日）』刊行。

一六八七年（貞享四）44歳　『鹿島詣』の旅。『笈の小文』の旅。

一六八八年（貞享五）45歳　『笈の小文』の旅続く。伊賀上野で「さま〳〵の事おもひ出す桜かな」を詠む。『更科紀行』の旅。江戸に帰る。

一六八九年（元禄二）46歳　『あら野（曠野）』刊行。「枯枝に烏のとまりたるや秋の暮」の句、「かれ朶に烏のとまりけり秋の暮」と改まる。『おくのほそ道』の旅。立石寺で「閑さや岩にしみ入蟬の声」を詠む。大垣到着。

一六九〇年（元禄三）47歳　近江膳所の幻住庵に入る。『幻住庵記』を書く。『ひさご』刊行。

一六九一年（元禄四）48歳　洛西嵯峨の落柿舎に滞在。『嵯峨日記』を書く。『猿蓑』刊行。江戸に帰る。

一六九二年（元禄五）49歳　文考『葛の松原』刊行。

一六九四年（元禄七）51歳　素龍が清書した『おくのほそ道』（素龍本）が完成。最後の旅へ。『すみだはら（炭俵）』刊行。大坂で病に倒れる。「旅に病で夢は枯野をかけ廻る」を詠む。十月十二日、死去。遺体は舟で淀川を上り、近江膳所の義仲寺に葬られた。

没後

一六九八年（元禄一一）『続猿蓑』刊行。

一七〇二年（元禄一五）遺言で去来に渡った『おくのほそ道』（西村本）刊行。

近代

一九四三年（昭和十八）『曾良旅日記』出現。

一九九六年（平成八）芭蕉自筆『おくのほそ道』（野坡）出現。

新書版あとがき

芭蕉の『おくのほそ道』には評釈、解説、検証、随想のたぐいの本がすでに多数ある。それなのに、この本を書いたのにはいくつかの理由がある。それをここにまとめておきたい。

二年前、『古池に蛙は飛びこんだか』(二〇〇五年、花神社)という本を出した。そこに書いたのは、芭蕉の古池の句は「古池に蛙が飛びこんで水の音がした」という句と思われているが、実は「蛙が水に飛びこむ音を聞いて古池の幻が心の中に広がった」という句であること。この現実のただ中に心の世界を開いたことこそが「蕉風開眼」であったこと。古池の句はその後の芭蕉の俳句の「柔らかな鋳型」となったこと。だからこそ、蕉風開眼の一句なのである。古池の句をめぐる話は、この本の第二章「なぜ旅に出たか」に要約しておいた。

芭蕉は古池の句を詠んでから三年後、『おくのほそ道』の旅に出る。この本で明らかにしたかったのは、芭蕉にとって『おくのほそ道』は古池の句で開いた心の世界の展開の場であったことである。芭蕉は古池の句を詠んだからこそ、みちのくへと旅立ったのであり、古池の句なしには『おくのほそ道』は書かれなかった。

従来の『おくのほそ道』に関する本は、古池の句との関係にあまり目を向けてこなかった。古池は古池、『おくのほそ道』は『おくのほそ道』として論じてきた。これは芭蕉をばらばらに解体することになっても、芭蕉とその人を全体としてとらえることにはならない。

次に、この本で明らかにしたかったのは、『おくのほそ道』が歌仙を面影にしていること。『おくのほそ道』が連句的な構成になっていることは以前から指摘されてきた。しかし、この説は『おくのほそ道』を月の座、花の座など連句の決まりごと（式目）に当てはめようと急ぐあまり、かえって無理を生じてきた。そこで連句の細目との符合を断念し、連句の呼吸のみをみてとるべきだとする説も出てきた。

『おくのほそ道』は歌仙（連句の一形式）を面影にして書かれているのではないか。まず、『おくのほそ道』は東北地方を縦断する奥羽山脈とその山中にある尿前《しとまえ》の関によって前後二つに分かれる。これは歌仙の「初折」と「名残の折」という二枚の懐紙に相当する。この前後二つの部分はそれぞれ白河《しらかわ》の関、市振《いちぶり》の関という関所によってさらに二つに分かれる。つまり『おくのほそ道』は三つの関所によって四つの部分に分れているわけだ。これが歌仙の初折の表と裏、名残の折の表と裏に相当する。

このように『おくのほそ道』と日本の東半分に歌仙の構造が面影のようにふわりと重なっている。その四つの部分には、それぞれ旅の禊《みそぎ》、歌枕巡礼、太陽と月、浮世帰りという主題がある（第三章「『おくのほそ道』の構造」参照）。

この本のもう一つの目的は『おくのほそ道』の後半部にかかわる。出羽から越前へ日本海の岸をたどる芭蕉の心の中に二つの思いが相次いで芽生える。一つは不易流行、もう一つは「かるみ」。従来、この二つの思想は芭蕉の俳句論と考えられてきた。しかも、別個の俳句論とみられてきた。

しかしながら、不易流行も「かるみ」も、どちらもまず芭蕉の宇宙観であり、人生観である。しかも、この二つは密接に関連している、というより、一つのことの言い換えにすぎない。この不易流行と「かるみ」は芭蕉にとって予期せぬ旅の収穫だった。俳句論としての不易流行と「かるみ」はこの宇宙観、人生観が俳句の上に落した影なのだ。芭蕉のその後の人生と俳句は、この不易流行と「かるみ」を軸としてさらに思いもよらぬ展開をみせることになる。

この本を書くに当たって多くの先人たちのすぐれた研究の恩恵に浴した。とくに尾形仂《つとむ》著『おくのほそ道評釈』（二〇〇一年、角川書店）は座右の書の一つである。この本で用いた『おくのほそ道』の本文は『おくのほそ道評釈』の本文を底本にした。深く感謝の意を表したい。

最後に、「ちくま新書」の磯知七美編集長に感謝したい。

散りをへし花さながらの二三日

二〇〇七年春

長谷川櫂

文庫版あとがき

『「奥の細道」をよむ』（ちくま新書、二〇〇七年）が「ちくま文庫」に入るに当たって現代語訳と「曾良随行日記」を加えた。

現代語訳については、できるかぎり原文を生かすことを心がけた。三百年の時を隔てるとはいえ、同じ日本語だから原文でもわかるはず。そこに余計な言葉を加えれば芭蕉の言葉どおり「無用の指」（汐越の松）を立てることになり、かえって『おくのほそ道』の世界から読者を遠ざけてしまいかねないからである。このため「幻の巷に離別の涙をそそぐ」（千住）のように原文のままにしたところもあれば、「月日は永遠の旅人（百代の過客）であり、行き交う年もまた旅人である」（深川）のように現代語に訳したうえで原文の文言を補ったところもある。その結果、『おくのほそ道』の数ある現代語訳の中でもっとも原文に近いものになったのではないかと思う。なお俳句は三行詩に訳した。本来簡潔であるべき俳句の訳に多くの言葉を使うのは根本的に誤っているのではないかと思うからである。

すばらしい同行者であった曾良の「随行日記」を入れたのは、芭蕉の『おくのほそ道』が単なる旅の記録ではなく、実際の旅を素材にした文学であることを読者に確認してもらいたいからである。曾良の記した実際の旅を芭蕉はどう省略し、付け加え、変形させて世界的な文学作品に仕上げたか、超絶的な彫琢を知るには「随行日記」はこのうえない比較対象である。

そのほか本文と論旨については、ほとんど手を加えていない。新書版の刊行から十八年の間に書いた本、ＮＨＫ「１００分de名著」ブックス『松尾芭蕉　おくのほそ道』（ＮＨＫ出版、二〇一四年）、『芭蕉の風雅』（筑摩書房、二〇一五年）、『俳句の誕生』（筑摩書房、二〇一八年）の成果を多少反映させるにとどめた。

振り返ってみると、芭蕉をめぐる私の本の多くは筑摩書房から出していただいている。それはとりもなおさず筑摩書房代々の編集者を煩わせているということである。今回、手をお借りしたのは四半世紀もおつきあいしている松田健さん、松田さんから引き継いだ吉澤麻衣子さんである。吉澤さんにはかつて『文学部で読む日本国憲法』（二〇一六年、ちくまプリマー新書）を編集していただいた。あらためてお礼を申し上げます。

春立つやおくのほそ道幾たびぞ

二〇二五年立春

長谷川櫂

本書は、『「奥の細道」をよむ』（ちくま新書）を底本とし、加筆修正を行った。

章扉図版に、与謝蕪村筆「奥の細道画巻」（広島・海の見える杜美術館）を用いた。

『おくのほそ道』原文は尾形仂『おくのほそ道評釈』（角川書店）に拠った。

引用和歌は、『日本古典文学大系』『新日本古典文学大系』（岩波書店）および『新編国歌大観』（角川書店）に拠り、適宜ルビを施し仮名表記を漢字に改めた。

『曾良随行日記』は、櫻井武次郎『奥の細道行脚　『曾良日記』を読む』（岩波書店）に拠った。

句索引　＊は『おくのほそ道』の句

【あ行】

【か行】

【さ行】

【た行】

【な行】

【は行】

【ま行】

和歌索引

【あ行】

【か行】

【な行】

【ま行】

【や行】

【わ行】

かんたん短歌の作り方 枡野浩一

自分の考えをいつもの言葉遣いで分かりやすく表現する——それがかんたん短歌。でも簡単じゃない！（佐々木あらら）

砂丘律 千種創一

中東と日本を舞台に清冽な抒情を巧みな韻律で織りなして大いに話題を呼んだ千種創一の第一歌集が待望の文庫化！（市川春子）

回転ドアは、順番に 穂村弘 東直子

ある春の日に出会い、そして別れるまで。気鋭の歌人ふたりが、見つめ合い呼吸をはかりつつ投げ合う、スリリングな恋愛問答歌。（金原瑞人）

詩ってなんだろう 谷川俊太郎

谷川さんはどう考えているのだろう。その道筋にそって詩を集め、選び、配列し、詩とは何かを考えるおもとを示しました。（華恵）

詩歌の待ち伏せ 北村薫

〝本の達人〟による折々に出会った詩歌との出会いが生んだ名エッセイ。これまでに刊行されていた3冊を合本した〈決定版〉。（佐藤夕子）

これで古典がよくわかる 橋本治

古典文学に親しめず、興味を持てない人たちは少なくない。どうすれば古典が「わかる」ようになるかを具体例を挙げ、教授する最良の入門書。

つらい時、いつも古典に救われた 清川妙 早川茉莉編

万葉集、枕草子、徒然草、百人一首などに学ぶ、前向きにしなやかに生きていくためのヒント。古典講座の人気講師による古典エッセイ。（早川茉莉）

禅 鈴木大拙 工藤澄子訳

禅とは何か。また禅の現代的意義とは？　世界的な関心の中で見なおされる禅について、その真諦を解き明かす。（秋月龍珉）

寝ころび読書の旅に出た 椎名誠

いつか探検隊に入るのだ！と心躍らせた小学生時代から現在までに読んだ、冒険譚、旅行記、科学もの、ＳＦまで。著者の原点となる読書エッセイ。

日本ぶらりぶらり 山下清

坊主頭に半ズボン、リュックを背負い日本各地の旅に出た〝裸の大将〟が見聞きするものは不思議なことばかり。スケッチ多数。（壽岳章子）

ちくま文庫

「おくのほそ道《みち》」を読《よ》む　決定版《けっていばん》

二〇二五年五月十日　第一刷発行

著　者　長谷川櫂（はせがわ・かい）
発行者　増田健史
発行所　株式会社 筑摩書房
東京都台東区蔵前二―五―三　〒一一一―八七五五
電話番号　〇三―五六八七―二六〇一（代表）
装幀者　安野光雅
印刷所　株式会社精興社
製本所　加藤製本株式会社

ISBN978-4-480-44026-6　C0192